不平凡的父亲

张茂盛●著

黄河出版传媒集团
宁夏人民出版社

图书在版编目（CIP）数据

不平凡的父亲 / 张茂盛著. -- 银川：宁夏人民出版社，2024.4

ISBN 978-7-227-07941-5

Ⅰ. ①不… Ⅱ. ①张… Ⅲ. ①长篇小说—中国—当代 Ⅳ. ①I247.5

中国国家版本馆 CIP 数据核字（2024）第 030276 号

不平凡的父亲　　张茂盛　著

责任编辑　姚小云
责任校对　陈　浪
封面设计　伊　青
责任印制　侯　俊

黄河出版传媒集团
宁夏人民出版社　出版发行

出 版 人　薛文斌
地　　址　宁夏银川市北京东路 139 号出版大厦（750001）
网　　址　http：//www.yrpubm.com
网上书店　http：//www.hh-book.com
电子信箱　nxrmcbs@126.com
邮购电话　0951-5052104　5052106
经　　销　全国新华书店
印刷装订　宁夏凤鸣彩印广告有限公司
印刷委托书号　（宁）0028477

开本　880 mm × 1240 mm　1/32
印张　4.25
字数　100 千字
版次　2024 年 4 月第 1 版
印次　2024 年 4 月第 1 次印刷
书号　ISBN　978-7-227-07941-5
定价　32.00 元

目　录

第一章　父亲出生在古镇

一、古镇曾经拥有过繁华

我的父亲张书财，于 1941 年农历八月二十九，出生在内蒙古乌兰察布盟（今乌兰察布市）丰镇隆盛庄。

2014 年 3 月，隆盛庄被国家评为“中国历史文化名镇”。

内蒙古隆盛庄曾以军事战略交通要道和商贸集市中心闻名，曾有“小北京”“小苏州”之称。说它是古镇并非普通乡镇，是因为它的商业贸易、文化地位、手工业的发达并非一般乡镇可比。它的社火、庙会等等文化活动都在蒙晋范围内非常有影响。（引用自《内蒙古晨报》）

我的母亲也出生在隆盛庄，母亲经常跟我讲：记得她在上小学和中学时，隆盛庄每年在农历六月二十四那天开始，通常也就是立秋那天开始，都要举行盛大的庙会和各种杂耍娱乐活动，来庆祝每年一季的大丰收，比过春节都红火热闹。有当地人来参加的，有从集宁来的，有从丰镇来的，有从兴和来的，有从商都来的，还有从山西大同及河北张北地区来的，主要由这几个地方的人参加。云集到隆盛庄，有做各种生意的，有打把式卖艺的，还有母亲把多种表演娱乐项目叫“耍玩样儿”。如：踩高跷、划旱船、脑阁、抬阁、扭秧歌等，都扮演成各种历史人物和神话传说中的形象，以及各种小丑。

古镇此时到处显现欢笑热闹和忙碌的情景，隆盛庄的马桥周围更是人山人海。马桥平时就是古镇的中心区，是马、牛、羊交易的市场，人群中有赶车的，有推的，有挑担子的，有肩扛的，有怀抱的，有手提的，有手牵的，一派车水马龙、人流不断的繁华景象。颇有小型版《清明上河图》的画面感。

母亲家离马桥很近，就住在寿家巷，此时，我姥爷家像一个小“车马店”，母亲只有一个哥哥，家中共有四口人，在那个年代人口算很少，不过一到每年的六月二十四，姥爷和姥姥的近亲和远亲赶到隆盛庄住在姥爷家中，有步行来的，有赶马车来的，真是人欢马叫，好不热闹。白天家里、院里到处都是人，进进出出的去看红火的，去采购的，去出售土特产品的。到晚上时，大炕睡不下，就有人睡在躺柜上，还有睡地铺上，母亲和舅舅并没有因为人多而嫌麻烦，反而都非常高兴，平常家中人口少，略显冷清，此时，人多热闹，咋能不高兴。

原来，亲戚们从集市上给母亲和舅舅买来平常没吃过的或很少吃的各种风味美食，同时姥爷和姥姥也准备了多种美味，母亲跟同龄的表哥、表弟、表姐、表妹们一起享用。在品尝美味的同时，都兴高采烈说着在看红火时，所看到的趣事和遇到的稀奇事，争抢着评论着看到踩高跷等精彩表演和逗人情景，比过大年都红火热闹。母亲就喜欢这样大家庭的气氛，人缺啥就喜欢啥。

历史的长河在千变万化中演变，演绎着一些地方及一些人的起起落落和悲欢离合。

随着地代的变迁，京绥铁路修建通车。火车没有从隆盛庄通过，这就预示着隆盛庄的交通价值逐渐丧失，接着京包公路通车，再往后，更具现代化的高速公路通车，彻底改变了古镇原有的繁华。

隆盛庄，曾经是驼队的通道，驼队在此地短暂停留补充给养，随后，驼队伴随着驼铃声继续赶路，贩马的、贩羊的也从此地经过，无论是住宿，还是短暂停留的，都为当地的经济繁荣做出了贡献。

假设，古镇的四面城墙都保存下来，古街道和古庙宇没被拆毁，现在被开发成旅游胜地，恢复古镇往日的繁华易如反掌。

母亲小时候，姥爷一家人曾在古庙宇中居住过几年。空旷宽敞的古庙中有几十间房子，一共零星地居住着几户人家。母亲跟伙伴们，经常在古庙里能找到一串一串的铜钱和制钱（古币），她们用线绳串起来踢着玩，也有用几根漂亮的公鸡羽毛和制钱做成毛毽踢着玩，这些玩具是她们平时的主要娱乐项目。当时，她们都不懂得所玩的铜钱和制钱的价值。

到天黑后，母亲就不敢到古庙的大院中玩了。因为在古庙的其他房屋内有各种形态的造像，所以母亲晚上多数就在家里，每晚在夜深人静的时候能听到从南城门传来的钟声，那是给居民报时。

无奈，古镇的繁华不再，城墙不存，钟声永去，这只能化作一次一次的美好回忆，长存在记忆深处……

现在，隆盛庄剩下的人越来越少。外出的人，早些时候有像父亲一样被招工到外地工作的，有考上大中专院校后分配到外地工作的。

尤其在改革开放后，隆盛庄人口大量外流，有能力的做生意（其中，“隆庄月饼”在早些时候很有名，演变到现在被“丰镇月饼”所替代，还有隆庄“蜜酥”等甜点比较有名），大部分人打工干体力活。外流人口主要到呼和浩特、包头、集宁、丰镇等地。真担心，再过几十年，古镇萧条为一座小村庄。

1965 年 3 月 1 日，父亲随单位从包头来到呼和浩特工作。在此之前，父亲曾经在内蒙古包头工作过，在北京延

退休时的父亲

庆工作过，在山西大同工作过。几经辗转，父亲调到呼和浩特市工作和生活，一直在内蒙古第一建筑工程公司工作，直至2001年正式退休。

父亲调到呼和浩特市工作，生活稳定后，跟单位要了一户平房，让在老家的奶奶、两个叔叔、两个姑姑来呼和浩特市居住，并把他们五个人的户口从内蒙古乌兰察布盟（今乌兰察布市）丰镇隆盛庄迁到呼和浩特市。

1973年3月，奶奶、两个叔叔、两个姑姑正式从老家搬到呼和浩特居住，主要由父亲供养他们生活，父亲还供一个叔叔、两个姑姑上学，直到他们初中毕业。他们毕业后，父亲陆续把两个叔叔和两个姑姑都安排在内蒙古第一建筑公司工作，等他们四个人结婚时，又全力操办。父亲对他们四个人像自己的儿女一样对待，许多时候，父亲关心和照顾两个叔叔和两个姑姑都超过自己的四个亲生儿女，远远超越了一个大哥对弟弟妹妹的正常亲情范围和担当，不是父亲胜似父亲！

父亲是前无古人，后无来者，绝少的第一大哥！

二、父亲从小经受磨砺

父亲生在旧社会，成长在新社会。父亲的家庭情况跟母亲的家庭情况截然不同，父亲有三个弟弟和四个妹妹，家中共有十口人，算是个“大户人家”。爷爷在单位上班，是个石匠工人，专门加工制作石磨、水槽等石器，奶奶无论怎么精打细算和节俭，一个人的工资收入也维持不了一大家人的正常生活。因为爷爷一家是城镇居民，所以没有土地可耕种，吃粮吃菜都要花钱买。

随着父亲年龄的增长，家中的人口也在增加，日子过得一年比一年困难和艰辛，在家中，父亲经常是吃不饱穿不暖。

父亲对我说：“你奶奶就没吃过几顿饱饭，早晨甚也不吃就开始干家务。每天都有干不完的活儿，中午和晚上经常把干的留给你叔叔姑姑们吃，有时吃几个煮山药（土豆）也是一顿饭。大白天，你爷爷的大炕上经常躺满你的叔叔姑姑们，他们连玩的精力都没有，都饿着肚子。熬莜面糊糊、玉米糊糊，煮土豆，是家中的主要食物。山药加上豆腐，再饱饱吃一顿莜面，就是改善生活。玉米面窝头也是好饭，但也不是每天吃到饱。别想吃上一顿肉，一年就吃两顿饺子，过春节吃一次，到八月十五吃一次，这时才能品尝到肉的滋味。”

父亲跟我说："我小时穿过有数的几双鞋，那是你奶奶亲手做成的，根本不可能花钱买鞋穿。你奶奶用最差的白面熬糨糊，把废旧布条一层一层粘住，再用细麻线纳成一双鞋底，最后，把鞋底鞋帮缝在一起做成一双鞋。"

父亲一般不穿鞋，只在冬天冻得受不了时才穿鞋，还有就是下雨天捡牛粪和马粪时才穿鞋。下雨天捡牛粪马粪的人少，能多捡牛粪马粪，捡上牛粪马粪回家烧火做饭、取暖，爷爷家太穷，买不起煤。

一大家人睡觉的大炕上只铺着一张草席，晚上睡觉时两个人合盖着一张薄被。父亲和叔叔、姑姑，一年四季基本上就穿一身衣服。不同的是，到夏天暖和时，奶奶把棉衣中的棉花取出改成单衣，到冬天寒冷时，奶奶把单衣再絮上棉花改成棉衣。再不同的是，旧衣服上不断增加的补丁，连过大年都不是每个人能添置一身新衣服。

父亲多次跟我说："我小时候你奶奶真可怜！在我印象当中你奶奶就没有穿过棉衣。在冬天最冷的时候，早晨起来时家里的水缸里的水被冻成冰，你奶奶先用菜刀凿开冰，这时候她的双手被冻得攥在一起，我用全身的力气都掰不开。这件事到现在想起心里头都可难受。"

这件事情到现在父亲跟我说起时，都一脸的难过，语气加重，语速缓慢，这一幕永远都深深刻在父亲的脑海中，成为挥之不去的伤痛。

一到晚上，爷爷一家人只点一盏小素油灯。素油是用豆子和胡麻做成的，学习的人和奶奶干活时，离小油灯近些。为了省油，灯头挑得很小，微弱的灯头闪着火苗，发出有限的光亮。

再往后条件稍好些，点上了煤油灯。煤油灯比素油灯亮，只是煤油灯冒出的黑烟更多些，黑烟在家中飘散，离煤油灯近的人鼻孔有黑丝。

爷爷家是市民户，市民没有田地，没田地就不能种粮食和蔬菜。如果有几亩田地种上土豆，一家人也可勉强糊口度日，有口饭吃是人维持生存的最低需求。就连爷爷家住的房子也是租的。这是真正的房无一间，地无一垄，彻底的无产者。一家人的日子就是这么一天天熬过来的，能体会到度日如年的真实含义。

那些生活的困苦、岁月的艰辛，并没有磨灭父亲对美好生活的追求，反而磨炼出父亲坚强的性格，当面对一切困难时，表现出了战胜困难的坚韧意志和非凡决心。这种磨炼使父亲在之后的各个时期困难的阶段，都从容走过。尤其，当我爷爷离世后，父亲帮奶奶和两个叔叔两个姑姑如何摆脱困境，表现出了坚韧不屈的感人的非凡之举。

三、父亲的短暂学习期

1952年，父亲虚岁十二，力气比较大，在缺穿少吃的条件下长大，仍然身体强健、力气不小，他个头比同龄人偏高，长得又帅气，许是上天的偏爱吧！

父亲性格实在，从不耍花招，干活时不怕脏不怕累，让干什么就干什么。

按我们老家的习俗，父亲的舅舅我称呼为老舅舅。看到父亲十二岁还没上学，虽每天缺吃少穿也还能干活，老舅舅就跟我爷爷奶奶商量把父亲接到自己家。老舅舅家离爷爷家有六公里。

爷爷奶奶同意父亲去老舅舅家，在那里又能上学又能每天吃饱饭，只是让父亲一边上学一边干农活。即使在这样的情况下，父亲也是去了。

老舅舅是一个非常勤劳、能干、节俭的庄稼汉，只有在病重时才休息，一般的头痛脑热都坚持劳动。他擅精打细算，把家中和田地打理得井井有条，家中粮食满仓，鸡羊成群，猪牛马养得膘肥体壮，在村子里是一户富裕人家，他给三个儿子盖房娶媳妇全靠种地。

老舅舅家那才算真正的大户人家。水浇地和旱地有大几十亩，能耕地拉运的牛、马、骡子全有，院子内的鸡、羊、猪成群，还有两条大狗看家护院。奇怪的是，两条大狗看到陌生的父亲竟不咬，只是用警觉的目光盯着父亲看，这就是人们常说的，外甥上门狗不咬。

老舅舅有两个女儿，一个比父亲年龄大，一个比父亲年龄小，还有三个儿子年龄都比父亲小，家中缺乏劳力。就这样，父亲在十二岁时也算是主要劳力了。

父亲来到老舅舅家才开始上学，终于圆了上学梦，上学的时间，持续了四年。

在这之前，当看到同龄的小伙伴们背上书包，高高兴兴地一边说笑一边打闹地向学校走去，父亲孤独地站在那儿，向小伙伴的背影投去羡慕的眼神和不解的神情。父亲想自己什么时候时候也背上书包跟小伙伴们相约相伴一起快乐地去上学？为什么自己不能上学？上学到底学什么？上学有多好玩？什么都不知道。他内心有好多的期盼和谜团。

如果不是四年断断续续地学习，现在的父亲就是两眼一抹黑的文盲，这严重后果可想而知。父亲非常珍惜这段难得的学习机会，体验着学习的快乐和获取知识的满足，跟比自己低多半头的同学们在课间和放学后嬉戏打闹。这本该就是这一年龄段应该过的时光，在父亲学习的四年当中，并不是每一天都能这样过。

实际上，父亲是在农活不忙的时候才可以上学。父亲从十二岁到十六岁期间，在老舅舅家中上学时间和干农活的时间差不多。每年秋收季节父亲就跟老师请假干农活，等干完农活再去上课，老师得知父亲的实际情况后，每次都准假。

秋收季节田地里的农活最多。这些天，每天太阳刚升起，父亲跟老舅舅起床了，吃完早饭后，就朝庄稼地赶去，先割莜麦拔小麦，这是最难干也最累人的活。人们常把拔莜麦割麦子跟女人生孩子相提并论，认为都是艰难痛苦的事情。从一大早开始，父亲就跟老舅舅割莜麦拔麦子，那双略显稚嫩的小手，一手握镰刀一手抓住莜麦，把成熟的莜麦从根部以上割断，一会儿汗水就湿透全身，头上的汗珠像断线的珍珠，一滴一滴的洒落在麦田里。拔小麦是完全用双手把小麦从土地里连根拔出，一双稚嫩的小手戴着一双没有手指的手套，一会儿时间手套就被磨破，随之双手很快被磨出血泡。望着眼前大片大片被割倒和拔倒的莜麦小麦，想到这些磨成面可以吃饱肚子不再挨饿，疲惫的父亲内心就有一丝丝收获的满足感，这些劳累也就算不了什么了。

晌午时，该回家吃饭了，父亲跟老舅舅把割倒和拔倒的莜麦小麦扎成一捆一捆的，装上牛车来回几趟拉到家中的院子里，父亲马上给牛饮水，喂草料，最后一个吃午饭。吃完饭在家休息一会儿，又向麦田赶去。

下午，烈日当头，更强的太阳光照射着麦田，把大地照射得一波波热浪腾起，父亲继续重复着用双手拔起小麦。

时而挥动着镰刀，成片成片的莜麦被割倒在脚下。他们抓紧时间把成熟的莜麦和小麦割完拔完，拉回去脱粒，一部分交公粮，一部分储存在自家粮仓当口粮。

这季节正是雨季，不及时抢收，粮食很可能被大雨淋湿。湿了的麦子莜麦，轻者会发芽影响口感，严重时麦子和莜麦被大雨浇湿后发霉不能吃，连牛马羊都不敢给喂，牲畜吃了会生病，只能晒干当柴火烧，造成灾难性损失，很可能饿肚皮，一年的辛劳和汗水付之东流。

干到太阳落山后，他们才收起镰刀，将割倒的成片的麦子扎成一捆一捆的，装上牛车一趟趟往家中拉运，老舅舅赶着牛车，父亲拖着疲惫的小身板跟在后边往家赶去。他们在麦收季节天天都这么辛劳，披星戴月回到家中，卸完麦子后，再把牛套子卸下后给牛饮水，再给牲口添足草料。

这时，我老妗妗（老舅舅老伴）已经做好饭，一家人才开始吃晚饭，吃完饭就准备睡觉。父亲秋收这段时间根本不能上学，也没有时间在家学习和复习功课。此时，尚未发育成熟的身体已疲劳之极，更没有精力去学习，在这个年龄段正是身体贪长期，也是贪睡年龄段。

半夜，父亲起来给马添草料，马不吃夜草不肥，不给马半夜加草料，马很容易掉膘，尤其在春耕和秋收期间，牛马要耕地和拉运，这两个季节马也非常劳累。父亲晚间需要起两次给马添草料。父亲刚到老舅舅家时十二岁，凌晨两点钟到很大的院子里给马喂草料，刚开始确实感到害怕，走到大院时吓得头皮发麻。当时，农村讲迷信夜里有鬼怪出没，山上还有狼深夜经常窜到村子里，狼多数在半夜偷吃村民家的鸡、羊和小猪，狼在饿急时大白天也会窜到村子里寻找食物。偶尔，饿狼把村里的孩子叼走，叼走鸡、羊、猪崽更是平常事。在静悄悄的大院子里，父亲急匆匆给马添加草料后，赶快回到屋里，连衣服也不脱倒头就睡。等两个小时后，还要给马再添加一次草料，一天只能睡四个小时。

父亲到老舅舅家长到十四岁时，胆量已锻炼得超大，半夜起来喂牛马时没有一丝害怕的感觉，跟大白天喂牛马一样啦。

父亲到老舅舅家第二年后，老舅舅就把以前雇的长工辞掉了，由父亲代替长工干活。

抢收完小麦和莜麦后，接着开始起山药（挖土豆）。山药长在土里，用铁锹一锹锹挖出来，一个一个捡到箩头（用柳条编的小筐）里，再倒进牛车里拉回家。

山药是一年当中主要的蔬菜，有八九个月要吃山药，它既是蔬菜，又是主食，贫困人家经常把山药当主食吃，当时我爷爷家在青黄不接时，一年有三四个月只吃山药。但我爷爷除外，我奶奶会给爷爷每天做小锅饭。

父亲在老舅舅家起早贪黑地劳作，不论做什么，都比在自己家好，每天都能吃饱饭，而在自己家经常饿肚子。饿肚子时那掏心挖肺的难受感觉，没有经历饿肚子的人是体会不到的。

起完山药后，把大点的和完整的卖一部分，再存在菜窖一部分，个头小的山药吃掉一部分，另一部分和不完整的山药就加工成山药粉（土豆淀粉）。

父亲跟老舅舅的家人一起磨山药粉，这活比割莜麦、拔小麦要好干，不用受烈日的曝晒，在家里和院子里就能完成。每天干到晚上十二点后再睡觉，父亲半夜起来给马添加一次草料。这时，用马的时候少了，不用半夜起两次给马添草料。

每年入冬后，父亲凌晨三点钟起来炒莜麦，生莜麦炒熟后磨出的莜面有了浓浓莜麦香的味道。炒完莜麦，白天跟老舅舅家人磨莜麦，有时也磨小麦，干活干到上午九点钟，父亲背起书包去学校上课，走到学校时老师已开始讲课。老师们都知道父亲的“特殊”情况，已经习以为常，见怪不怪，老师们也不批评父亲。坐到自己的座位上，父亲开始听讲，上午总是只听一半课，没有时间补课，再加上秋收时有两个月时间都不能到学校上课，父亲上学期间都没有上过一整天的课，父亲所学的知识也很有限。

入冬后这段时间的下午，父亲才可以正常到学校上课。在课堂似懂非懂地听老师讲课，缺课太多，父亲已经跟不上老师的教学进度，但在学校上课不仅可以受文化的熏陶，而且也有机会休息一下。

下午父亲放学后，吃了晚饭就开始磨面，没有时间写作业和复习功课，要干到晚上十二点才睡觉，半夜起来给马添一次草料。父亲每天都需要半夜起来喂马，不同的是在春耕和秋收时半夜给马添两次草料。

每年的正月初五，父亲跟老舅舅开始撮粪积肥，为春播做准备，为来年的大丰收打下基础。春节的热闹气氛还未消散，他们已经开始在田地里劳动。

1956 年 4 月，老舅舅所在的村子要搞高级合作社，个人的土地几乎归了公社（乡），每户人家只分给几分的自留地，同时牛马等大牲畜也归了集体。

这时候，父亲也无地可种，无牛马可喂。在老舅舅家干了四年农活，同时也断断续续上了四年学。父亲上学时间晚，比同班同学晚上四五年，个头比同班同学几乎高出一头，大孩子和小孩子在一个班上学。父亲十二岁开始上到十六岁，又经常跟老师请假干活，每年最长连续请两个月假干农活，这怎么能上好学，自己都感觉到难为情。父亲在老舅舅家白吃白喝没活可干，再供着上学不合适，干脆不上学了，父亲也算上了四年学。

四、父亲回到自己家

父亲辍学后，从老舅舅家回到爷爷家，那样的家境是没条件供父亲上学的。已经十六虚岁的父亲，很快就开始干临时工给家中增加点收入，让自己的弟弟妹妹们去上学。父亲不想因为家中贫困，而使弟弟妹妹们像自己一样再上不起学。

父亲到了米面加工厂干活，在老舅舅家学的磨面活在此时用上了。爷爷单位是石匠工厂，他有时给私人干石匠活，干好活后雇主没有给现钱而答应给米面，父亲在干活时还要抽时间去别人家里要米面。父亲提个面口袋去欠工钱的人家取回米面，家中还在等米下锅，要不上米面全家人有可能煮一锅山药，或熬一锅莜面糊糊来充饥。

随着父亲长大，叔叔姑姑们都在长大，同时饭量都在急增。家中经常吃煮山药，喝糊糊，吃的时候虽已吃饱，但肚子里没油水，过不了多长时间都又饿了。饿得厉害时就躺上炕上睡觉，睡着了能减轻饿肚子的难受感觉。他们也没有精力去玩，这一幕幕深深印在父亲的脑海中，他干着急没什么好办法解决。到现在父亲还经常跟我提起："我干临工还能吃饱，你叔叔姑姑们经常饿肚子，都没有精神，只能大白天躺在炕上睡觉，躺在那儿稍微舒服些，也不是瞌睡想睡觉，是没有别的办法。"

父亲回到爷爷家后，就这样度过了两年，每天辛辛苦苦干活，全家人还是过着吃不饱、穿不暖的日子。父亲快成年了，开始有了一些想法，想着干什么能改变现状，一个人起码要吃饱肚子。再就是能够穿得暖和些，不受冷冻，这是父亲最大的愿望。

第二章　改变命运之路

一、走出家乡

父亲十八岁时，面对家中的困境，他内心已有很多的想法。想着干什么才能让自己和家人吃饱饭，日子过得不要太艰难。否则这样活下去太没意思，心里总感觉憋屈。

1957 年 12 月，在内蒙古包头的铁路三局到父亲的家乡——隆盛庄招工，父亲知道消息后就报了名，报完名后回家跟爷爷奶奶说了这件事。爷爷是不管这些事的，奶奶刚开始不同意父亲去包头干活。奶奶跟父亲说："你岁数还小，以前没出过远门，等再大一点再出去。"父亲说："咱们家人口太多，经常连饭也吃不饱，我出去后少一个吃饭的人，还能挣点钱，给家里减轻点负担。出去试一试，不行再回来，这样活下去太没意思。"父亲骗奶奶说："我已经报上名啦，退也退不了，不去也不行。"

父亲已经铁定了心要出去闯闯，在他的一再坚持下，奶奶同意父亲到包头干活。父亲让奶奶准备行李，奶奶简单地准备了一点行李，烙了一些白面烙饼，让父亲在去包头的路上吃，这是家中最好的食物。一切准备好了等待出发。

1958 年 3 月 1 日，十八岁的父亲背上行李走出家门。迈着缠过足的小脚，满眼泪水的奶奶跟在长子的后面，一瘸一瘸的（奶奶的腿有点瘸，是先天性疾病造成的）送了一程又一程。真是儿行千里母担忧！可怜天下父母心！

父亲也是眼圈红红的，恋恋不舍地离开了奶奶，也离开了一个让自己心酸的家，去寻找生活出路和希望。父亲迈出这一步不仅仅改变了自己的命运，也改变了整个家庭的命运。

父亲从家乡跟其他被招工的人，集体坐马车先到乌兰察布盟（今乌兰察布市）察哈尔右翼前旗（土贵乌拉镇），再从这儿坐火车，当天晚上就到达包头。

父亲到包头后，先去铁路三局正式报到，被分配到一段 2 工区 2 队工作，具体工作是抬大筐，往新建铁路的路基上抬土方和石渣，为铺设钢轨打基础。十八岁的父亲浑身有使不完的劲，比他大十岁左右的搭档干不过父亲。父亲从十二岁时在老舅舅家就开始干活，早已锻炼出强健的体魄。那年代的人们干劲十足，工作都很积极，谁都不甘落后，都在赶先进争先进。父亲参加工作后，每天在单位吃得饱饱的，工作就更加有劲头，再加上年轻气盛不服输，常常是搭档累得受不了先停下来休息。虽然每天劳动非常劳累，但父亲不觉得苦，反而挺满足，每天都可以吃饱饭，还能挣工资补贴家用。

1958 年 6 月，包头石拐沟暴发洪水，把钢轨枕木下的土方和石渣冲跑，剩下的钢轨和枕木像架在空中。父亲和同事们接到任务后，一开始是站在齐腰深的洪水中参加抢修，随后洪水逐渐退去，抢修的进度大大加快，经过连续两个星期的奋战，终于抢修好被冲毁的铁路线，列车恢复了正常运行。真万幸，在那么大的洪水中参加抢修没发生伤亡事故。

事后父亲回忆：“我是个旱鸭子，从来都不会游泳，那么大的洪水都没把我冲走，真是幸运！”

二、换了单位

父亲在那次暴发洪水抢修铁路后，考虑到自己是个旱鸭子，很难适应再次遇到洪水，就决定辞掉了在铁路的工作，离开了工作四个多月的铁路三局。

1958 年 7 月，父亲背上行李找到另一个招工工地，这个单位是建筑部第二工程局汽车运输公司，是由部队集体转业而组建的一个单位，现场工地位于包头市青山区。

之后，这个汽车运输公司被改编成华北建筑工程局下属的一个单位。1965 年，父亲从包头市随单位集体调到呼和浩特市后，不知什么时候所在单位又被改编成内蒙古第一建筑工程公司的一个下属单位，简称“内蒙古一建”，还有一个别称叫“华建”，有怀念以前的华北建筑工程公司的意思。内蒙古一建刚成立时属于内蒙古建工局管理，在20世纪90年代初属于呼和浩特市建工局管理，这也反映出国企建筑的衰退之势。

父亲从包头调至呼和浩特工作后留念

父亲来到新单位，给他安排一些体力活和打杂，几个月后，领导发现父亲干活时不怕脏不怕累，人实在踏实又勤奋，就录用他为正式职工并让学习开卡车。起初，父亲对开汽车没有十足的信心，犹犹豫豫地答应了领导。父亲从老家出来还不到半年，当时，汽车可是稀有之物，这是一个重大的事情，父亲还没做好心理准备，但也不想辜负领导的信任，只好尽全力干好。

父亲在新单位到汽车培训队学开卡车前，单位需要建立档案，要父亲出具一些证明和“小学毕业证”。这可把父亲难住啦，从老家开出的证明已交给前一个单位，在老舅舅家断断续续上了四年学，根本就没有“小学毕业证”。父亲把实情跟领导说了，领导看父亲挺实在，就同情地说：“实在不行，你在单位里找一个你们当地的熟人给当介绍人也行。”父亲连忙说：“行！我找找去，我找找去。”

父亲从办公室出来，就急切地想尽快找到一位老家的熟人当介绍人。他先在办公大院内找了一圈，没找到，又来工地上找了一圈，还没找到。父亲心想，找一个老家熟人当介绍人是最后的希望。要不，档案建不起来，单位是不会接收成正式职工的，更别说开汽车了。父亲不甘心，重新返回办公大院想再找找。刚走进大院就发现不远处有一个熟悉的面孔，他连忙走到跟前，一看就是老家的熟人，此人大名叫——刘成考，比父亲年长几岁。父亲把想找熟人当介绍人的事一讲，家乡人痛快地答应啦："行，没问题，这还是点啥事。走，现在就去。"天无绝人之路，这个问题迎刃而解，父亲的档案很快建起来。从此，当汽车司机就成为父亲的终生职业。

父亲开始学习汽车驾驶的一年当中，边学习驾驶边参加工地生产劳动，能顶小半个装卸工。父亲跟汽车上配备的装卸工一起往卡车上装土方、沙子、水泥、砖块、木料等，卡车拉运到工地后再一起往下卸材料。父亲十二岁就开始干农活，干这些装卸的活都是比较得心应手。

父亲的教练名叫王炳春，河北人，是从部队转业的技术人员，拥有高级的专业技术，王教练是父亲单位的工作人员，负责在一辆卡车上训练十个学员。

刚开始学员们学习驾驶，把整个卡车用砖头架起来，汽车的四个车轮悬空，然后，学员们在驾驶室学习操作汽车启动、制动、换挡位时和离合器怎样配合，熄火等简单程序，等这些程序熟练后，再到路面上进一步学习驾驶技术。

父亲学习汽车驾驶的同时，擦洗汽车也是要做的事情。还有一件事必须要做好，就是汽车启动时，用摇把摇起来才可把卡车发动起来，没有一定力气是摇不动摇把的。如果没握紧，摇把会反转回来把人打伤，这种事情偶尔发生，现在的汽车先进了，不再用摇把发动汽车。

在冬季，父亲每天早早起床，打上开水给汽车水箱加水。天气冷得厉害时，父亲就反复把水箱加满后再把水放掉，直到机体不冻时，汽车才能发动起来。

父亲当学徒时，没有手表和其他任何计时工具，掌握时间只能根据太阳的升降位置来判断。每天晚上吃完饭后，没有工作上的事情后，也没有什么娱乐休闲活动，早早就睡觉，第二天准备早起。睡觉时心里就想：明天必须早起，不能影响正常工作。父亲宁可早起，也不能晚起。有时半夜醒来天还黑着，也就起来，不敢再睡，怕睡过时间耽误工作，也怕师傅不高兴。

学员在学习汽车驾驶技术的同时，单位还配备了一位教理论和维修的教练——张师傅，教学员们学习交通规则和汽车构造原理，主要教怎样排除汽车故障的技术。

两位师傅都像教自己的家人一样，非常认真耐心地教徒弟们，把他俩所知道的知识和掌握的技术毫无保留地传授给徒弟。师徒们的关系相处得非常融洽，师傅爱护徒弟，徒弟又从内心尊敬师傅。

1959 年，在国庆十周年献礼前，父亲取得汽车驾驶实习证。经过一年的汽车驾驶和理论学习，父亲已掌握了基本技术，对汽车有了比较多的了解和认识，他越来越喜欢这个职业。

父亲单独驾驶的机会越来越多，驾驶技术更加娴熟，也学到了许多的汽车修理技术，为他在以后能单独完成运输任务，打下坚实的基础。

从此之后，每到冬天，父亲从呼和浩特到山西大同拉煤，或从呼和浩特到伊克昭盟（鄂尔多斯市）的东胜拉煤，卡车在运输的半途中坏了，多数的故障父亲自己就能排除掉。由于那时的通信不发达，遇到大的故障修不了，没办法跟单位及时联系，每次拉煤时，最少有两辆车一起走。为了防止一辆车走到半途时坏了，把司机冻坏、饿坏了。半路上，前后几公里或几十公里都没住人家，那可是前不着村，后不着店，处境挺危险的。遇故障时，让没坏的车回单位把汽车修理工接来维修，减少故障车上司机被冻和挨饿的时间，减轻对司机的伤害。

1959 年 11 月，在取得驾驶实习证期间，父亲所在单位开始大下放。就是单位职工从那里招来的，再回到各自老家，单位用不了那么多职工。此时，国家遇到三年困难时期，许多工程下马，国家没有足够资金投入基础建设，所以要裁减掉新招的大部分工人。

当时，父亲也跟其他被裁减的工人收拾行李和日用品，准备一起回老家，正碰上汽车队长过来问父亲："你去哪？"父亲答："要走，我跟他们一起回老家。"队长说："你先别走，等通知的，你现在该干啥就干啥去。"父亲说："噢！行，那我就等通知。"

实际上，单位领导们已经决定留下父亲继续工作，没有让他回老家。

世界上没有无缘无故的爱，也没有无缘无故的恨。在那个纯真和注重实干的年代，如何干好工作是评价一个职工好与差的主要标准。由于父亲在工作中从来不怕吃苦不怕受累，一直勤勤恳恳踏实地工作，早去晚归，经常超额完成任务，严格遵守单位一切规章制度，用实际行动获得领导赞赏和信任。从父亲被留下后，他以更加饱满的热情和积极的态度来对待工作，以回报领导对他的厚爱。

三、取得汽车正式驾驶证

1959 年 12 月 26 日，父亲正式取得了汽车驾驶证，离取得实习驾驶证才三个月。按当时规定，要用一年时间方可取得，这也是大跃进式的速度。

原因是，跟父亲同期学习汽车驾驶的年轻学员们，大部分被下放回原籍老家，只留下少数学员，单位急需要年轻司机，再加上名师出高徒，以及父亲的勤学苦练，他已能熟练地单独驾驶汽车。

父亲在考试中，实际操作考试顺利通过，他面对的最大难题是理论考试。在老舅舅家，父亲名义上读了四年书，实际是断断续续上了四年学，一多半时间在干农活，没学多少文化知识，只学会有限的几个字，连汉语拼音都没学会，比文盲稍强一些。当背交通规则时，有些字没学过，更不能理解其中的含义，只能拿着书死记硬背，一点一点地往下啃。功夫不负有心人，理论考试也终于通过，父亲最终取得正式汽车驾驶证，可以单独开车完成运输任务。

这期间，从老家出来的人被单位下放一批工人后，老家的当地政府派人来往回要人，其中有多半被要回去，只留下四五个汽车修理工，还留下一个汽车司机，司机只留下一个父亲。单位坚决把父亲留下继续工作，不同意老家人要回。

被老家要回的人员回去后，并没有安排正式单位上班，一部分人干临时工，一部分人成闲散人员，反而给当地政府造成更大就业压力。

如果当初老家的青壮年劳力在当地有工作可干，他们也不会远走他乡找工作。俗话讲：好出门，不如赖在家，金窝银窝不如自家的草窝。人们但凡有些办法的都不会出去的，出去的人都是非常贫困的、难以为继的、被逼无奈的。日子过得富裕的人们，每到天黑前看不到自家的烟囱冒烟就心慌不踏实。外出工作的人很恋家，好不容易被外地的单位留下工作有一个好出路时，被当地政府要回，不知是出于什么考虑。

跟父亲同一时期一起在汽车培训班毕业的一个小队，有十个人，这十个年轻的司机来自多个省市，他们被集体派调到四川省的一个国家大型项目去工作。项目完工后，父亲跟几个师兄弟们再也没有联系过，不知他们现在可好。

碰巧的是，来到内蒙古包头市学习汽车驾驶的一位人员，我叫他高大爷。高大爷比父亲年长一岁，他的妻子是隆盛庄人，跟父亲是老乡，他同父亲又是师兄弟，又都从包头分配到呼和浩特市的内蒙古一建一起工作。由于这些特殊的关系，他俩无论是从呼和浩特到山西大同，或到鄂尔多斯的东胜，以及准格尔旗拉煤，还是到其他地方拉运货物，基本是结伴同行，互相帮助互相关照，结下深厚友谊。

20 世纪 70 年代中期，父亲所在的内蒙古一建汽车队成立汽车配件加工厂。这家厂子专招本单位职工的家属，母亲跟高大爷的妻子都到加工厂上班。不久，80 年代初，母亲所在的加工厂被改编成呼和浩特市玉泉区钢窗厂，开始生产钢窗。这样我们两家的交往更加频繁，

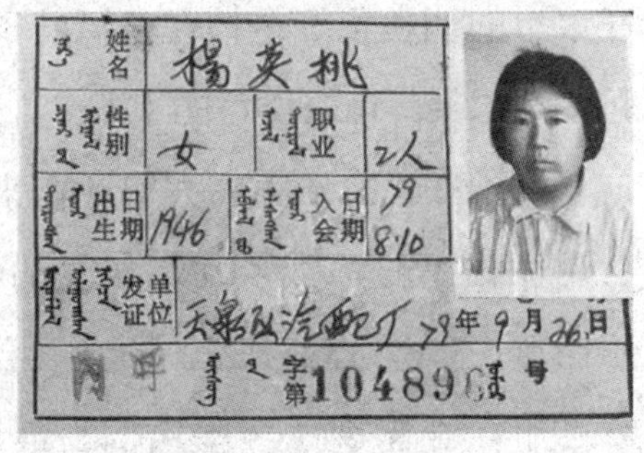

姓名　楊英桃
性别　女　职业　工人
出生日期　1946　入会日期　79 8.10
发证单位　玉泉区汽配厂　79 年 9 月 26 日
呼　字第104896号

母亲在呼和浩特市玉泉区汽配厂工作时的会员证

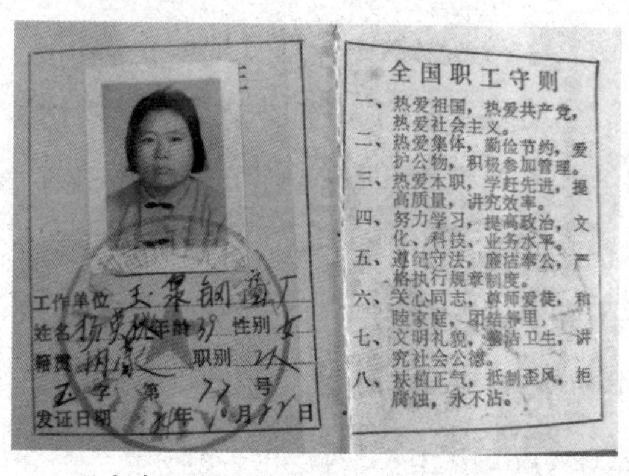
工作单位 玉泉钢窗厂
姓名 年龄 性别 女
籍贯 职别
字 第 号
发证日期 年 月 日

全国职工守则

一、热爱祖国，热爱共产党，热爱社会主义。
二、热爱集体，勤俭节约，爱护公物，积极参加管理。
三、热爱本职，学赶先进，提高质量，讲究效率。
四、努力学习，提高政治，文化、科技、业务水平。
五、遵纪守法，廉洁奉公，严格执行规章制度。
六、关心同志，尊师爱徒，和睦家庭，团结邻里。
七、文明礼貌，整洁卫生，讲究社会公德。
八、扶植正气，抵制歪风，拒腐蚀，永不沾。

母亲在呼和浩特市玉泉区钢窗厂工作时的工作证

我跟高大爷的儿子经常玩耍，他比我大一岁，我妹妹有时也跟高大爷的两个女儿在一起玩，我们两家相距不远，步行十五分钟就到。

我在上小学时，有一天来到高大爷家中，我靠在他家的炕沿下跟他儿子玩耍时，突然，我感觉后脑勺和后脖子火辣辣地痛。我下意识地用手扒拉一下，觉得有更大面积的疼痛。我马上就站起来，这时，高大爷从炕里边爬到炕沿边，急忙用手扒拉我的脖子，边扒拉边说“我还没看见炕沿底下有人，大爷看看烧着没？”原来，高大爷抽完烟袋锅后，在炕沿边磕掉烟灰后，准备重新再装一锅烟丝抽，那全部烟灰和带少许火星的烟丝正好全掉在我后脖子里，疼了好几天。现在想起来都想笑，有这样巧的事发生，也是我童年中的一段趣事。

到现在，父亲跟高大爷还在来往，保持着一贯的友情。老哥俩相聚时，大多回忆年轻的经历和老家的各种变化。他们年轻时一心扑在工作上，也不懂得爱护身体，进入耄耋之年，都出现了一些疾病。最近，老哥俩谈论养生保健方面的内容逐渐增多，他们都认识到健康比什么都重要。

第三章　父亲就是为开汽车而生

一、意外受伤

20世纪60年代末，我家居住在五塔寺前院。在我三四岁时，有一天半夜，突然有人急促地敲我家院门，那时，普通居民都住平房，我妈穿好衣服出去开院门，我也迷迷糊糊醒来，听到院子里隐隐约约有人跟母亲说话。随后，家门被重重推开，我躺在被窝里扭头朝家门口看去，母亲跟一个拄着双拐、头上和脸部缠满纱布的人进到家里。我一时还没看清是谁，在惊呆和纳闷儿的时候，听到母亲和父亲说话的声音，才懵懵懂懂地知道父亲受伤了，也没敢问一问父亲发生什么事情了，更不懂得关心一下父亲，少不更事的我，过不久竟然睡着了。

第二天早晨，父亲被单位派来的同事送到医院治疗，同时单位派人给父亲陪床。我和妹妹太小，需要母亲随时照料我和妹妹，不能到医院给父亲陪床。附近再没有其他亲人，他们都还在老家，我们也没有告诉老家亲人父亲受伤。

父亲住院后，不断有父亲的同事和邻居来家安慰母亲，通过他们的交谈，我才知道一些父亲受伤的经过。

原来父亲在拉煤的半路上汽车出现故障，不能行驶，是大故障，父亲没能排除掉，和父亲相跟的另一位汽车司机，开上汽车回单位，把一位韩姓的汽车修理师傅拉到父亲汽车出故障的地方，等把汽车修理好后，韩姓师傅开车试车，父亲坐在副驾驶位上，在倒车时正有一辆毛驴车赶过来，他为躲避毛驴车时把方向猛打到另一边，但没注意到有一条沟，车倒进沟里翻了。结果，父亲的一条腿骨折，一侧的脸部扎进车窗碎玻璃，驾驶卡车的修理师傅也受了轻伤。

父亲受伤后，就近在小医院做了一些简单处理，准备回呼和浩特到大医院做更好的治疗。所以，就连夜往回赶，先在半夜把父亲送回我家，等第二天送大医院治疗。这是父亲在开汽车四十年中唯一受过的伤。

父亲的腿伤治愈了，但脸部伤处还是隐隐疼痛，用手摸还发现有硬块。半年后再到医院检查，确认还有残余玻璃碎块，又做了一次小手术把残留的碎块清理干净，脸上也因此留下了抹不掉的印记。

那时，父亲一年当中有半年时间在外地拉煤，在呼和浩特有两个大型运输单位，除了父亲所在的内蒙古一建汽车队，还有呼和浩特市运输公司，任何单位需要汽车运输都找“呼运公司”。此外，呼和浩特铁路局也有一个汽车队，主要供铁路局内部使用，很少对外，父亲单位在满足本单位需求的同时，大量承揽对外运输业务。

所以，父亲一年四季都非常繁忙，连过春节都不能保证正常休息。尤其是天冷后，我很少能见到父亲，白天他拉煤回到市区，上午或下午把煤卸完，如果天没黑就跟母亲打个招呼继续拉煤。有时好几天连母亲都见不着父亲，父亲就让我家邻居给我妈捎话。父亲单位的好多同事，跟我们居住在一个大院，等我长到能说清楚话时，母亲等天黑下来还不见父亲回来，就让我到邻居家问一问父亲是不是拉煤去了。有时邻居还主动来我家告诉父亲的消息。住在一个大院的司机家属们，就怕自己的家人出事故或者汽车坏在半路上被冻坏饿坏，经常相互打问自己家人是否去拉煤和拉运其他货物的消息，这样家属才放心。

父亲只有在当天拉煤卸完后，在天色太黑才回家住。正常情况下拉趟煤需要两天时间，可父亲把拉一趟煤的时间压缩到一天半。白天卸煤后父亲开车在公路上行驶，到天黑后赶到煤矿附近才住旅店，到了旅店才吃饭。有时一天就吃一顿饭，早晨简单吃点东西，中午遇不上饭店干脆不吃饭，就等晚上遇到旅店后饱饱吃一顿，再喝一会儿茶水，就赶快睡觉。父亲每天平均睡四五个小时，第二天早晨早早起床先排队先装煤。多数时候，父亲吃了晚饭后就到煤窑排队，利用排队的空闲在汽车上睡觉，就为了能早装上煤。等晚上去或天亮排队，汽车就很多，再排队非常耽误时间，早装上煤后，如果父亲十分困倦就在汽车里再睡，或走到半路上睡觉，这样又能赶出不少时间。

父亲为什么干劲这么足？

首先，是父亲非常珍惜来之不易的工作机会，必须尽最大的努力把工作干好，以报答单位对他的培养。

再者，父亲肩上已担负两个家庭的重担，除了我们家外，奶奶和叔叔姑姑们也是父亲心中永远的牵挂。父亲每个月基本上都是超额完成运输任务，能得到超额奖金。每拉一趟货物都有一次补贴金，这样收入会增加很多，相当于一个人挣两份工资，父亲经常给奶奶他们钱，想让他们的生活改善一些。

还有一个原因是，我的一个哥哥在三岁多时夭折了，还有一个姐姐在一岁多时也夭折了。由于当时生活比较困难，又赶上“文化大革命”，父亲单位比较忙，他又是个工作狂，小家庭观念淡薄等原因，我的哥哥和姐姐太早地离开了这个多彩的世界，连一张照片都没留下。我成了家中的长子，我出生后，被父母亲特别娇惯，变得很任性，父母跟我回忆说：“你一两岁的时候，脾气可大，又不听话，不高兴的时候经常趴到妈妈身上，把妈的头发一绺一绺地往下拽，等疼得受不了，才不让拽。”

“也是在你一两岁时，有一次回老家，在爷爷家中，你用喝水的铁缸子打妈妈头，爷爷实在看不下去，就说哪有你们这样惯娃娃的，妈妈才不让你再打。”

我记得在自己三四岁时，一天我正在炕上玩，家中来了几个父亲的好朋友和好邻居，忘了什么原因，我不高兴了，就把炕上的衣服和手绢儿往地下扔，谁也哄不住。这时有个大人递过一支点着的香烟让我抽，看见大人们抽烟，我也觉得挺好玩，就接过来猛抽了几口，马上被呛得连连咳嗽又流泪，大人们都大笑起来，我把抽的烟也扔到地上。有人过来给我擦眼泪，这时我坐在炕上才安静下来。出生不久，爷爷也怕我有个三长两短，就让学习最好的大姑给我好好起个名字，只要长命就行，不求有什么大的希望。经过大姑的斟酌，给我起了一个名字——茂盛，爷爷拍板说：“行！”我的名字就是这么起的。

我现在是有儿子的人，最知道父母亲失去一儿一女时剜心般的刺痛，而且，是一次又一次的刺痛！真不知父母是怎样熬过那两段痛苦岁月的……

父亲每天用超大的工作量，来冲淡内心的伤痛，只有工作起来不想其他的事，或者少想其他的事，忘我地投入到工作当中，以减轻内心的伤痛，内心会安稳许多。

另外，还有一个原因，那段时间正赶上“文化大革命”，父亲不愿意参加单位的派别。

父亲在想：自己是个半文盲，根本没有真知灼见去判断政治风向。作为一个职工本职就是干活，不干活还叫什么工人，每个人有每个人的位置，每个人有每个人的责任。所以，父亲每天埋头工作，尽量减少在单位的时间，以减少矛盾产生的机会，手握方向盘奔忙在公路上，干自己应该干的事。

二、父亲参加救灾

1977 年冬天，内蒙古锡林郭勒盟遭受罕见重大雪灾。

在我居住的居委会的居民们，每家每户都蒸窝头，还捐献棉衣支援灾区，这是居委会分配的任务，大家也都担心灾民们挨饿受冻，全都积极参与当中。

因为，内蒙古一建汽车队，是全内蒙古大型卡车最多和车型最先进的运输单位，还有许多复转军人当司机，社会信誉度高，是个信得过的单位，所以，有重大事情发生需要卡车时，政府指派内蒙古一建汽车队去完成。那可是政治任务，也就是最重要的任务，是必须要做到和做好的事情。

父亲和另两位司机被派出完成救灾的任务，共开三辆卡车去参加救灾，从呼和浩特往河北省张家口拉运各种救灾物资，主要拉运食物、棉衣、草料等物资，运到张家口的救灾抗灾指挥部就完成任务。由指挥部统一安排，用各种陆地运输设备和飞机，再运到或空投到灾区和灾民中，帮助他们渡过难关，体现了政府的关怀和温暖，表现了一方有难八方支援的团结友爱的精神！

三、开汽车到上海

20 世纪 70 年代末，内蒙古一建汽车队分配父亲跟另外两个司机同行，他们各自驾驶“芙桑牌”卡车去上海，另外还有一个汽车技术员相随，负责排除卡车在半途中出现的故障。这次去上海的任务是，从呼和浩特出发，到山西大同拉上煤后再运到上海，返回时拉上打桩机，这几套机械设备在建筑工地上使用。

父亲开的“芙桑”牌卡车是从日本进口的车，这款车是齐头的，视野好，操作灵活，速度还快，当时在国内是比较先进的运输卡车。

那时候，父亲开着这辆卡车到呼和浩特市清水河拉煤。当地老乡多次请父亲用这辆车娶新媳妇，老乡们娶新媳妇多数用马车，能用上卡车感觉挺气派，算是比较有面子的一件事，好歹是进口车。

入冬后，父亲他们几人从呼和浩特市出发到上海，里

父亲在上海黄浦江边留影

程两千多公里。当时没有高速公路，道路远不如现在发达，父亲跟同事们都没有走公路到过上海，都不熟悉路线，又不熟悉路况，单位领导并没有要求这趟拉运任务在多长时间内完成，只是要求，都安全出去，再安全回来。

他们最先是去山西大同拉煤。那时全国的交通运输和物流不发达，南方地区很缺煤，很多地区到冬天不点炉子，更没有暖气取暖，煤在南方属于稀缺资源，销路非常好。

父亲跟同事们从大同出发后，一边赶路一边打问去上海的路线怎么走，那时还没有完整的全国公路地图册，更没有导航仪，公路上的指路牌也不齐全，全靠当地人给指路。父亲先后路过邯郸、郑州、无锡、苏州、杭州、南京等大城市，最后到达上海。

在沿途上路过各地的名胜古迹，都蛮有兴趣地饱览一遍。虽然刚入冬，尤其南方大部分地区还是草青树绿花朵绽放，河水湖水在流淌，尚未结冰，对北方人来说会产生错觉，是不是已到冬天？同时还可吃遍沿途的美食名吃。他们每到一座城市后，先找旅馆安排好住宿后，再找饭馆吃饭，要一桌当地的名吃，再上好酒。有些美食不对北方人的口味，但父亲他们也要品尝一下，抱着好奇的想法尝试一下。当时的司机们不差钱，相当于现在的大款。当时有句俗话说：四个轮子要一转，给个县长也不换。说明司机是比较吃香的职业。总有当地人问他们："你们是什么地方的人？"有人说："是内蒙古人。"当地人马上接着说："你们内蒙古人就是有钱，每天吃牛羊肉喝酒，生活条件太好啦！"他们以为父亲他们来自内蒙古，就都是蒙古族的。

确实，当时国家对少数民族地区有相当多的优惠政策，好多生活必需品优先保障供应少数民族地区，主要的粮食供应，内蒙古地区的细粮供应比是40%，牧区蒙古族的比例还要高些。其他的粗粮供应主要是炒米，内蒙古地区的汉族60%的粗粮是各种杂粮都有，而其他省市的细粮供应量更少。那个年代，一个家庭每天吃一顿白面和大米，就是好生活啦！

还有内蒙古地区的工资收入要多些，有风沙费、地区差别补助、支边费等其他省所没有的收入。

其实，和父亲一起去上海的几位同事没有一个是蒙古族，全部是汉族。等回到家后，也不是每天都能吃牛羊肉，也不是每天喝酒。没有到过内蒙古的人，几乎都是那么认为的。

我想起另外一件有趣的事。1984 年暑假期间，我的二弟正在上小学，他所在的呼和浩特市玉泉区五塔寺小学足球队，通过多次比赛选拔后获得呼和浩特市第一名，代表内蒙古队参加全国少年“苗苗”杯足球比赛，比赛名称现在记不太准确了，比赛地点就在上海市。二弟所在的小学足球队是代表内蒙古队参加全国性比赛的，由内蒙古体委和呼和浩特市体委工作人员带队，二弟所在球队的教练，也就是五塔寺小学的体育老师张明老师同行。从呼和浩特市坐火车到北京后，再从北京坐火车到上海。当时没有呼和浩特市直接到上海的列车，球队在北京停留了几天，先跟北京少年足球队联系好要踢两场比赛。内蒙古足球队跟北京少年足球队在北京踢了两场友谊赛，最后踢了个平手。友谊赛后二弟他们球队在北京游玩了两天，二弟还在天安门广场身着球队运动服蹲着手扶足球留下一张黑白纪念照，又在人民大会堂前拍了一张黑白照。

二弟在北京天安门广场

之后，球队到上海参加正式比赛，经过激烈友好的比赛，最终，内蒙古

二弟在上海

少年足球队获得第七名。这成绩是当时内蒙古所有年龄段足球队取得的最好成绩，为内蒙古足球界争得了荣誉。球队回到呼和浩特市后，玉泉区政府副区长为球队举行了庆功会。

二弟在比赛期间，有一位上海队的女教练，非常喜欢二弟，二弟是我们兄弟三人中长得最英俊帅气的，女教练跟二弟交谈了几次，有一次问二弟："你为什么不穿蒙古袍？你们家住在蒙古包？你们每天是不是骑马上学？你们每天就吃牛羊肉没有菜？你们那里的草原有多大？"一大堆问题，问得二弟一头雾水，只是回答："不是、不是，不知道。"问得太多时也只会大概地解释一下，太多的事他也不明白。二弟到现在也没有真正地到过草原牧区，不知道真实的牧区是什么情况。

球队从上海返回呼和浩特市时，那位女教练让二弟留下家庭住址和学校地址，希望以后跟二弟保持书信联系。

这次父亲和同事到上海，跟经常赶路抢任务的工作相比较，也算是一次轻松愉快的自驾旅行。边走路，边游玩，边品美食，这辈子也是难得的机会，经过十天左右终于到

父亲在虎丘塔

达上海。他们先找到打桩机生产厂家，再游览上海的名胜古迹，品尝上海美食，全方位地感受大上海的盛名。

在黄浦江边留下两张纪念照，一张是父亲手扶黄浦江边栏杆的照片，另一张是父亲站在自己驾驶的“芙桑”卡车旁以黄浦江为背景的照片，两张都是黑白照片。

父亲在苏州虎丘山照了一张黑白照片。

父亲到上海的任务是不能耽误的，该办正事啦！他们将打桩机装上后启程，沿来上海时的路返回，经过一个星期的行驶，返回呼和浩特市，顺利完成任务。

四、生活中的父亲

生活中的父亲，干家务活和娴熟驾驶汽车相比，那反差实在太大。父亲青少年时干的多是力气活，奶奶是干家务的能手，把家中的做饭和洗衣之类的活全包，这些活基本不用他干。父亲早早出门在外，十二岁时去老舅舅家干农活，十八岁时在单位食堂吃饭，又开始过集体生活，所以一直就很少干家务活。

父亲在家里也做饭，但口味一般，能做熟就行。他工作后出车，不是住旅店，就是下饭馆，都是吃现成饭，很少做饭，更是没有机会干家务活。

在我上学前和刚上学时，是父亲给我理发的。有一次，不知是手动推子年久失修，还是我的头发太硬，刚推了几下就推不动了，又试着推了几次，还是推不动，父亲一气之下把推子摔到砖地上，推子被摔得分了家，可头发还没理好。我只好顶着理了半截的头发来到理发馆。我一进理发馆，理发师傅奇怪地盯着我问："你这是咋啦？"我就把事情的原委告诉他，他笑笑说："来，坐下给你理理。"理发师傅接着给我理完。后来，又出现给我给理发时推不动的情况，父亲又将手动推子摔烂了。从此，父亲再也不给我理发了，让我以后到理发馆理发。

我上小学时特别爱玩，玩的是花样百出。我有几十种玩具和玩法，玩具基本是自己制作，或让伙伴们做，就连写完作业的废本子也能做出几种玩法。少数玩具也让父亲给做，每个季节都有几种玩法。到冬季时，我最爱玩滑冰车，自己做的冰车单薄不结实，我就让父亲给我做了一辆冰车，带回家一看，又大又笨重又难看，但真够结实，我用双手抱起都有些费劲。等我跟小伙伴们到离家稍远的冰河上滑冰时，我半途中放下冰车休息一下，眼看着一起相跟的小伙伴们朝冰场走去，自己一边休息，一边想象着他们到冰场后，都畅快淋漓的滑冰情景，心里痒痒的，想快一点赶到跟他们一起玩耍。

父亲在干家务时，是粗线条的，过得去就行，态度跟干工作时的全身心热情投入和强烈的责任感形成极大反差。

五、去长春接新车

1988 年入冬，内蒙古一建汽车队又进了一批新卡车，型号是长春“一汽”生产的“解放牌”柴油 141 卡车。当时，“解放牌”卡车烧柴油的还比较少。

单位让司机接手新车的要求：根据每个司机平常完成运输任务的情况和安全驾驶情况，综合评价后，最终确定由谁来接手新车。

父亲几乎每月每年都超额完成运输生产任务，一直保持不出重大责任事故纪录，单位领导非常信任地把每一辆新车交给他驾驶。

父亲在包头刚当学徒时，用捷克斯洛伐克生产的“布拉格牌”卡车练车。出徒后，驾驶匈牙利生产的“习搭二十新牌”旧卡车。之后，父亲开始驾驶新卡车。第一辆是长春汽车制造厂生产的“解放牌”自卸车；第二辆是“解放牌”卡车；第三辆是意大利生产的“菲亚特牌”卡车，这车是父亲跟另一位同事，到山西省羊坊口开回两辆新车之一；第四辆是日本生产的“芙桑牌”卡车，这辆车驾驶室前没有“大鼻子”，是齐头车，驾驶起来视野好，操作灵活方便。

为此，单位还有人贴“大字报”责问领导：为什么总让我父亲开新车，有人开不上新车，总去开别人替换下来的旧车。

这次，父亲是第五次接新车，车在长春“一汽”，需要新车的司机亲自到厂家，把车开回单位。

1988年冬天，父亲跟接新车的几位同事，从呼和浩特市白塔机场坐飞机来到北京。这是父亲第一次坐飞机，从高空俯视大地，发现了别样的山川风景。到了北京后，父亲没有游览名胜古迹，他们经常去北京，该看的都看过，美食都吃过，他们再从北京坐火车直奔长春。

父亲和同事们找到“一汽”后，他们各自驾驶一辆新车，八九辆车排成一队，浩浩荡荡地往呼和浩特市驶去。单程路程将近两千公里，他们除对东北地区不熟悉外，其他地方以前都走过。到沈阳故宫游览一遍，也是回来唯一观看的名胜古迹。接着，他们路过天津、北京、廊坊、山西杀虎口等地。这次父亲的任务最是轻松，回来时都驾驶空车，又在磨合期，车速都不快，且走且观察车况，尤其到后半程，轻车熟路，悠闲地行驶着，经过四五天的行程，安全顺利回到呼和浩特，完成任务。

六、从未发生重大责任事故

父亲从开始学习驾驶汽车，到退休前五年下岗当中，自己又买过两辆卡车，前后四十年左右从没发生重大责任事故。

第一次自己买车是在 1995 年年底，那时内蒙古一建汽车队迎来了下岗潮，父亲下岗。父亲把自己从长春开回的“解放牌”141 柴油五吨卡车买下。这辆车是父亲在单位一手开的，没有经过第二位司机开过，对这辆车的性能和特点了如指掌，父亲对车保养得好，这辆车一直保持良好状态。当时单位也鼓励司机个人买车，否则，都到市场上出售，也有一丝恋恋不舍，出售给本单位职工能得到些安慰。肥水不流外人田嘛。条件是卖给本单位职工后不发 1996 年下岗费，买车价格也优惠。

父亲决定买下自己驾驶的车，没有别的选择，他一直就开汽车，也没有学过其他技能。当时他年龄也大了，已经五十五岁，再学其他的也来不及了。

1996 年春天，在三叔的帮助下，父亲找了一份运输的生意，主要给三叔单位承建的工地拉运水泥、沙子、砖块等等。三叔在内蒙古一建三分公司是个负责人，专管建筑材料这类，拉运水泥的任务最多，大多数是从呼和浩特市武川县往呼和浩特市市区拉运。当时，呼和浩特市金川大道和金山大道还没修建，从武川往新建设的伊利总部工地送水泥，需要从 110 国道或鄂尔多斯西街绕过去，往河西公司（航天六院）的扩建厂区送水泥。河西公司是保密单位，进出厂区需开出门证，由军人站岗并检查车辆。父亲还往呼和浩特市白塔机场扩建工程送水泥。这几个工地都是由内蒙古一建三分公司施工。

从呼和浩特市市区到武川水泥厂的里程有三十多公里，去的路程绝大多数是爬坡。爬过大青山才到水泥厂，中间路过有名的“蜈蚣坝”。此段公路以坡陡而出名，再往上爬是更危险路段，弯急、路窄、山险，还有“搓板路”，有两处最为惊险的“U”形弯，卡车转弯后方向大换，转过 180 度弯感觉头晕。刚开始走此弯会感觉头晕，再往后慢慢就适应了，头晕有一定原因是紧张造成的，去时是空车，父亲轻车熟路很轻松达到水泥厂。俗话说：上山容易下山难，那才是考验一个驾驶员的真功夫，一个没经验、没过硬技术的驾驶员就是空车下坡都不敢开。返回时大多数是下坡路，我二弟就是年轻驾驶员，父亲一次都没让二弟开重车走下坡路，只让他在市区和地势平缓的路段驾驶。

父亲在以前经常到山西大同拉煤，走的是盘山路，那海拔比大青山高。父亲早已熟悉和掌握走山路走下坡路的要领及应采取怎样的应对措施。

父亲有四十年驾驶经验和扎实的驾驶技术，他把挡位挂到三挡并轻点着脚刹，卡车有张有弛地向坡下驶去。

在这里着重强调一下，父亲驾驶的“解放牌”141卡车设计载重量5吨，可却拉了10吨水泥，超载两倍，给安全运输带来重大隐患。那时的人们安全意识普遍淡薄，没有充分深刻地认识到违反交通规则的危害，如果放到现在，我会极力劝阻父亲不要超载，就是宁可不吃这碗饭，我们也不能超载行驶，什么也没有比安全和健康对人更重要的。在这里郑重提醒：驾驶员们要严格遵守《中华人民共和国交通安全法》，不超载、不超速，更不要酒后驾驶，否则，会造成无法挽回的损失而抱憾终生。

此时，我和三弟跟父亲一起拉水泥，如果轮胎坏了，跟父亲一起换轮胎，也干些给卡车加黄油、加水之类的活儿，我俩干装卸工，主要任务是给卡车装卸货物。

每一次拉上水泥返回市区时，我的心就在嗓子眼悬着。卡车向坡下行驶时，父亲一直点着脚刹，每一趟都在半山腰停两次，是在一个地势稍稍平缓的路面停稳。我和三弟从卡车大架上的一条汽车内胎里放出水，向六条轮胎的中间“大锅”上浇水，马上冒起蒸汽并发出滋滋的响声，慢慢把温度降下来。如果不浇水，轮胎的“大锅”已经烫手，橡胶层温度也很高，随时有爆胎的危险，会造成不可预测的严重后果。在给轮胎降温的同时，刹车片温度也降下来了，刹车片温度太高会造成刹车失灵，这样也是非常危险的。等卡车行驶半个小时，又停下车给轮胎降温，重复刚才的做法。

约三十公里的山路，去时是爬坡走四十分钟到水泥厂，返回市区下坡路约走一个半小时，足见下坡路的难走。我在半途中多次见到大货车和小轿车掉进山沟。还有一次走到其中一个“U”形弯道时，见一辆大轿车险些冲进山沟，只是两个前轮被一米高的石头墙卡住，才没掉进山沟。

记忆最深的一次，是跟父亲拉水泥快到市区时，已经下了大青山，父亲跟我和三弟说：“刚才，咱们的车刹车失灵，是挂上二挡放下手刹才下的山坡。”好歹没出事故，在这种情况下父亲慢慢把车开到工地，我和三弟把水泥卸完，又开到二弟单位让二弟修理刹车。此时，二弟所在的内蒙古一建汽车队修理厂面临倒闭，二弟在单位既开汽车又学修理。等二弟拆开刹车系统，发现我家卡车的刹车片磨损严重才导致刹车失灵，父亲跟二弟开始更换刹车片，我和三弟给打下手。等更换好刹车片时，天色已漆黑，必须抢修好，是为了不影响第二天出车。

可是好景不长，由于三叔工作调动，调到上级单位内蒙古一建总公司，也就是职位得到提升，父亲前后给三叔单位拉运了六个月左右建材，拉水泥四个月，拉砖两个月，最后，由于种种原因停止了这项不错的生意。

接着，父亲把车开到市场上出租，出租了半年左右。可是出租业务不多，照此计算，连一年的养路费都挣不回来。父亲在 1997 年 3 月 18 日，忍痛割爱把车卖掉，恋恋不舍地离开了与自己伴随九年的“伙伴”……

父亲卖掉车后，又跟一同下岗的同事养兔子，结果，以失败告终。五十六岁还不到退休年龄，父亲心有不甘，干别的都不行，隔行如隔山，决定再开汽车。

1998 年夏天，经三叔的朋友介绍，父亲到乌兰察布盟集宁，买回一辆苏联时期生产的二手“卡玛斯”十吨自卸车。

这车是父亲跟同事合伙买的。两人是老当益壮不服老，轮换着驾驶在市区拉土方，这辆车的最大优点是：马力大、力量足，特别是在下雨天，在深坑里往上拉土方都能爬上来，独显优势。缺点是：此车耗油量超大，喝油跟喝水似的，操作也不方便，配件不好买。只是风光一时。这时，国产新型自卸车占据优势：吨位大，操作灵活，耗油量小。

此时，二弟已下岗，父亲和同事聘用二弟开苏联自卸车，父亲从此离开钟爱一生的职业。

父亲这辈子，也许就是一直奔忙的命运。在幼年时就开始忙碌辛苦地劳作，青年时走出家乡，寻找一条希望之路。工作后又是工作狂，连自己的儿女们都无暇顾及，在紧张的工作之余，为四个叔叔姑姑办理户口，找工作，操心下乡，操办婚礼，为他们生活中遇到的各种困难而奔波着。接着父亲又为自己长大的四个儿女的一切操劳着。临退休前，父亲还下岗五年，在外面打工挣生活费，到退休后还断断续续下夜，干着力所能及的活儿。因三弟未成家，父亲也在打工，等三弟成家后，父亲才停止在外面打工，这时他已是七十岁高龄。可不久，三弟的两个孩子相续降生，父亲又担负起照看孙子的任务，并接送孙子上学下学。父亲可能是在弥补早些年没有照看自己四个儿女的遗憾。

将近八十岁的父亲，不知什么时候才能真正地“退休”，全身心地休息下来颐养天年……

第四章　到多省市工作

1960 年 9 月，在包头工作的父亲，所在的单位是华北建筑四公司三公区，因工作需要，从包头调到山西省大同工作，去参加一个国家保密单位的建设，施工地点在一个叫文庄村的地方。

大同是父亲工作过的第二个城市，从此开始了在多地工作的经历。

父亲依旧开车给工地送材料。不久，春节快到了。春节前，父亲单位放假后回到老家，回到家后，爷爷奶奶准备给父亲办婚事。

之前，是我姥爷主动跟我爷爷奶奶提出想撮合父母的婚事，姥爷主要看中父亲的地方是：人实在、能干，不怕吃苦，常年在外闯荡，是老家少有的汽车司机，人长得又帅气。

我唯一的舅舅，曾经到东北地区当了一年的林业工人，因怕吃苦又怕受累回到老家，姥爷在经济上给了他太多的帮助，舅舅过着清闲且无忧无虑的日子。所以，姥爷特别喜欢父亲这样的人。

姥爷身高有一米八，是个非常勇敢能干的汉子。年轻时放牛，遇上几只狼攻击牛群，他用杈子将狼全部打跑，自己没受伤，牛群也没受到伤害。

姥爷每天都在辛苦劳动，在夏秋季节割草卖。一大垛草背上后，连人都基本看不见，只露两只脚照走不误。挑水时，两个肩膀挑两担水也不觉太费劲，行走如常。就是在酒厂也还干过几年。可以说，在老家很少有姥爷没干过的活儿。在姥爷辛勤劳作下，一家四口过着还算富足的日子。

姥爷家和爷爷家是邻居，关系不错。姥姥不太会做针线活儿，再加上身体不好，家里的很多针线活儿，让奶奶给做，活儿做好后给奶奶工钱。姥爷对爷爷一家的家境非常了解，爷爷家的贫穷在老家都有名，姥爷不嫌，就看中父亲这个人，无条件让母亲嫁给父亲。

爷爷没给父母盖新房，父亲自己租了一间小房。奶奶替母亲置办了一身新外衣，结婚时穿，又添置了一身毛衣。结婚时只做了一套新被子，用的是旧褥子，彩礼钱更是没有啦。舅舅结婚时，姥爷和姥姥共花费了两千多元“巨款”，跟母亲结婚相比多了十几倍。为此，姥姥经常跟母亲一说起这件事就掉眼泪，并说：“一辈子结一次婚，都没几件好衣服，别的更没有啦。”而姥爷认为，找一个好人比找一个好人家更重要，以后的日子肯定能过好。

1961 年 2 月，父亲跟母亲在老家——隆盛庄举行了简单的结婚仪式。

春节过完，父亲回到大同投入到繁忙的工作中，母亲留在老家。母亲为了减少生活费用跟姥姥住在一起。父亲婚后有一年没给母亲生活费。奶奶让父亲还自己结婚时借的外债，奶奶家实在是太穷了，几乎是父亲承担了自己结婚的所有费用。父母结婚不久就开始两地分居的生活，在父亲的心中，工作永远占第一位。

1961 年 8 月，父亲从山西大同调到北京延庆工作，又是参加一个国家保密工程建设，地点在千里庄，仍然是给工地拉运材料。这是父亲的第三个工作地点，不到一年时间又将面临工作调动。

1962 年 5 月，父亲从北京延庆返回山西大同，这时，父亲把母亲接到大同，暂时结束了两地分居的生活。

父亲租了一间小房过起小日子。大同的生活条件比老家艰苦，几乎天天吃高粱面和高粱米，有时也吃毛糕，就是用不脱皮也不用油炸的黄米做的素糕。

这段生活，母亲每天早晨四点钟左右就起来做饭，父亲吃完早饭就步行到单位上班。父母亲都没有钟表，更没有手表，看时间主要是根据太阳的高低位置凭经验判断。

总之，父亲到单位上班，只能早去，而不能晚到，一切以工作为中心，其他事情都要让位给工作。

母亲实在适应不了在大同的艰苦生活，在大同生活了三个月，回到老家后吃住在姥姥家，姥姥家的生活比较宽裕一些。

1964 年 7 月，父亲从山西大同返回包头的四零八保密工程工地。父亲每到一个地方，都是建设保密单位，国家的大型单位和军工单位一直都在建设，没有停顿。在此地工作不到一年又将面临调动。

第五章　扎根呼和浩特

一、固定在呼和浩特工作和生活

1965年3月1日，父亲几经辗转，终于从包头调到呼和浩特市工作。父亲所在的包头华建汽车运输队，因工作需要，大部分人员被调到湖北省工作，少部分人员被调到天津工作，只有极少部分人员被调到呼和浩特市工作。父亲是主动要求调到呼和浩特市，理由是：不习惯南方和近海的气候和生活习惯。实际上，父亲内心想的是，呼和浩特市离老家近，更方便看望、照顾爷爷奶奶和叔叔姑姑们，而没有考虑自己的前途和发展。

父亲在呼和浩特市工作固定后，在内蒙古一建汽车队继续开卡车，并在单位附近的三里营跟菜农租了一间小平房，安顿好后，把母亲从老家接来。这时父母开始过上正常的家庭生活，两地分居的日子从此彻底结束。

父亲每到一个城市的工程工地，都是建设国家保密单位，这次也不例外。到呼和浩特市的第一个建设工程就是建河西公司，现在这个单位叫“航天六院”。父亲在包头学习驾驶汽车时，所在的汽车队就是由部队集体转业而组建的，是一个信得过的集体。父亲调到呼和浩特市的所在单位——内蒙古第一建筑工程公司汽车队，简称“内蒙古一建”，还有别称叫“华建”。单位里有很多人是从部队下来的复转军人开汽车。

父亲是我们这个大家庭第一个在呼和浩特扎根的人。

父亲跟我说：“咱们的祖辈是从山西省迁移到乌兰察布盟丰镇隆盛庄的，大概是你爷爷的爷爷迁来的。”我现在和弟弟妹妹们对父亲称呼“爹”，这是山西人的习惯称呼，而在隆盛庄称呼父亲为“大大”。

父亲刚参加工作时，每月开工资后，除给自己留一些生活费，剩下的全部寄给爷爷奶奶，每次回隆盛庄时，父亲尽量多买吃的穿的带去。

父亲成家后，继续给爷爷奶奶一家寄钱，经常想方设法争取到隆盛庄附近或路过隆盛庄拉货物，顺路去看爷爷奶奶和叔叔姑姑们，并拉上更多的吃穿用的物品送去。父亲有时天气冷后回老家，看着自己面黄肌瘦的三弟和四弟冷得发抖，就把自己身上穿的秋衣和秋裤及围脖脱下来给他俩留下，实在是看到自己的弟弟可怜心疼。

二、爷爷去世

1970年5月，不幸的消息传来，我爷爷因病在老家——乌兰察布盟丰镇隆盛庄去世。爷爷长期干石匠活，肺部因吸入太多粉尘被损坏，患上职业病，几经到大同和隆盛庄治疗未愈，不到退休年龄就过早离世。

爷爷在世时，是单位的石匠工人，每月都有工资收入，在家中有绝对的权威。实事求是地讲，爷爷不是个好父亲。因为他没有全力承担起家庭的责任和义务，他每天都喝酒，让奶奶给他单独做“小锅饭”。饭熟后他不和家人一起吃，一人先边吃边喝酒。就连我几个年龄还小的叔叔姑姑们站在旁边看都不让看。四叔跟我说过这件事，我听后非常的不理解。奶奶和叔叔姑姑们经常吃不饱穿不暖，爷爷怎么有心情满足自己的口福，心里就没有感觉到愧疚吗？爷爷心里基本没装着家人，我就没听到叔叔姑姑们说爷爷的好，甚至都很少提起爷爷。

早先，我爷爷的爷爷从山西省迁移到隆盛庄后，曾置办下殷实的家业，光水浇地就有二十亩左右，这还不算旱地，大部分土地种植了大烟（罂粟）。自控能力差的人很容易沾染上抽大烟的恶习。可惜的是，到我爷爷的父亲时就开始抽大烟，而且抽大烟成瘾。从此，丰厚的家底被抽空，富裕的家庭沦落为衰败之家。到我爷爷这辈时，就成了彻底的贫困潦倒之家。

新中国成立后，爷爷学了一门石匠手艺，在单位上班，挣着微薄收入，又缺乏责任感，奶奶经常给邻居做针线活儿，来补贴家用。无奈家中人口太多，每月都是入不敷出。

爷爷去世后，父亲跟单位请假，马上坐火车往老家赶去，回去处理爷爷的丧事。父亲当天就赶回老家。

父亲跟我回忆说："我一进你奶奶的院子，就看见你三叔正蹲着劈木头，我那可怜的三弟弟正孤零零的一个人干活，你爷爷去世了，他们咋办？我又心酸，又悲痛，又是可怜他们，心里各种滋味，真难受。等进了家后更觉得凄凉，又见你奶奶跟不大点的你三姑、四姑、四叔，心里头更难受啦！他们老的老小的小，以后的日子咋过？吃甚？穿甚？没烧的咋过冬天？"

父亲看着奶奶和叔叔姑姑们实在是可怜，又非常心疼他们，怕他们饿坏和冻坏。那时候，父亲就打算把他们迁居呼和浩特市生活。

父亲处理完爷爷的后事，回到呼和浩特市又做了进一步的深思。从老家迁到呼和浩特市六口人的户口（当初二姑也迁到呼和浩特市后又迁到丰镇），需要找房子，还要供养，自己家已有四口人（当时我三弟和三弟未出生），合计起来是十口人的吃饭问题，还有的要上学，到毕业后需要就业，再到婚龄段要结婚，自己能不能承担起这所有的一切，简直是一道无解的题。

父亲考虑到爷爷离世后，只有自己、二叔、大姑成家，二叔在内蒙古二连浩特市劳动局（人社局）工作，大姑生活在内蒙古锡林郭勒盟苏尼特左旗，三叔、四叔、二姑、三姑、四姑，有的干临时工，有的上学，有的还没上学，爷爷的离世，使奶奶一家本来就极度贫困的生活更是雪上加霜，几乎陷入绝境。

三叔此时已到成人年龄，开始干临时工。爷爷单位没让三叔接班。父亲把他们接到呼和浩特市后，如找不上其他工作，也可以当清洁工扫马路，不至于饿肚子。在老家连清洁工的工作都找不上。

奶奶一家一直就是租房住，因为是市民，所以，没有耕地，是真正的“房无一间，地无一垄”，真到了一贫如洗的程度。父亲想到奶奶一家人的日子实在难过，他们每天度日如年的苦日子怎么熬，父亲越思虑得多越心焦。最后，父亲破釜沉舟，先把他们接来再说，来了总比在老家强些。接来之后走一步再说一步，天无绝人之路。父亲是从不考虑自己和自己小家庭的困难和难处，总是先考虑奶奶和叔叔姑姑们的困难和困境。

第六章　不是父亲胜过父亲

一、先给奶奶一家迁户口

父亲开始四处寻找迁户口的各种渠道。父亲是个工作狂，几乎没有休息日，每月都超额完成运输任务。平时很少顾及自己的小家庭，我经常一个星期都见不到父亲。当完成一趟任务后，不回家就连续完成下一趟任务。为了迁户口，父亲只好忙中偷闲地利用晚上仅有的时间去求人和应酬，联系各种能联系到的关系。终于，通过父亲同事的介绍，认识了在派出所工作的李姓民警，他们夫妻俩都在派出所工作，在他俩的帮助下，父亲把奶奶家的户口迁到呼和浩特市。

按当时的国家政策，只有自己的妻子和儿女才可以把户口从老家迁到本人所在地区，自己的父母亲和弟弟妹妹们及其他亲属是不允许把户口从老家迁到本人所在地区的。

这次迁来六个人的户口，都超出政策允许范围，难度是非常的大，颇费了一些周折，也是一个特例。

在那个年代，随着一个人的户口变迁，个人的身份也将发生大变，在就业、住房、上学等各种待遇方面，也将发生巨大改变。

派出所给办迁户口的朋友、父亲的几个好朋友都很疑惑地多次问父亲："你自己家已经四口人，再来六口人，你咋养活他们？吃甚？穿甚？干甚？住哪？先别说其他，就是每天喝糊糊也要喝几大锅，这一堆的问题你咋解决？"父亲的朋友们都替父亲发愁，为他捏着一把汗。是的，当时的物资非常匮乏，每家每天无论吃什么，只要能吃饱饭都是件幸福的事。房子也极少，就业极度困难。每一件事摆在父亲面前都是一座高山，难以逾越。

父亲只好跟朋友们慢慢解释："只要有我一碗糊糊，就会给他们半碗，有好东西也少不了给他们的。来呼和浩特市后，给他们找不上好工作，就让他们当清洁工扫大马路，也能有口饭吃。清洁工在老家都找不上。在大地方比小地方的各种机会都多，总的来说，到呼和浩特市总比在老家强。"

派出所李姓朋友和其他朋友们，看到父亲已经做了最坏的准备。他们被父亲的孝心和亲情所感动，也被父亲超大的胆量和破釜沉舟的决心所打动。他们都表示：尽全力帮父亲这个忙。

说话容易办事难，本来迁户口就很难办，有了户口其他事情才可以解决，户口是最重要的一件事。给奶奶一家迁户口是跟国家政策不相符，那就是难上加难。父亲考虑解决奶奶一家的困境，再没有比把他们的户口迁到呼和浩特市更好的办法。父亲只能硬着头皮放下自尊去求人，把仅有的宝贵休息时间搭上不说，要好话说尽，好事做够，烟酒搭上，还欠上人情。人情是最难还的，父亲为此偿还了二十多年，直到下岗后没能力再还。毕竟天下没有免费的午餐。

苍天不负有心人，父亲经过两年多的奔忙，终于在1972年10月，把奶奶、四叔、二姑、三姑、四姑的户口从老家迁到呼和浩特市。由于，三叔已在老家农村下乡，户口也随人迁走，政策不允许他的户口迁到呼和浩特市，这是谁也改变不了的现实。给他们五口人办户口的难度和曲折，只有父亲最清楚，别人无法知晓。终于，父亲的第一个愿望实现了。

谁知，半路杀出个程咬金。把奶奶一家户口迁到呼和浩特市不久，父亲收到从老家寄来的一封信，信上主要意思讲：奶奶给二姑已订了一门婚事，二姑未来的婆家在乌兰察布盟丰镇，问父亲能不能把二姑的户口迁到丰镇。父亲随后回了一趟老家，想弄清楚是怎么回事。回到老家后，奶奶让父亲把二姑的户口从呼和浩特市迁到丰镇。在老家的习俗是：订了婚后，这桩婚事固定了，绝不能反悔。在当时老家，所有的人都梦想把户口迁到呼和浩特市，成为城市人，身份马上提高一大截。这就像现在中了大奖一样，是件万分高兴和求之不得的大事，但二姑放弃了。三十年后，二姑的儿子通过各种渠道在呼和浩特市找到工作，户口从丰镇迁到呼和浩特市，可能此时，她才明白户口迁到呼和浩特市的重要性。不知二姑心里是什么滋味？等父亲弄清楚原因后，也没有跟奶奶争辩，更没有跟奶奶发火。父亲是非常孝顺奶奶，也非常尊敬奶奶的，不论奶奶的做法对与错，都听从奶奶的意见，从不反驳。从把奶奶一家迁到呼和浩特市后，父亲并没有因为自己办了一系列事，而居功自傲。父亲从没有教训过他两个弟弟和两个妹妹，也没有跟他们四个人发过火。父亲也没有跟奶奶大声说过话，总是跟奶奶规规矩矩说话，是个标准的大孝子。

父亲不愿意拆散二姑的婚事，成全了他们，成人之美也是件行善积德的事。

这样，父亲又不厌其烦地求人，把费了九牛二虎之力从老家迁到呼和浩特市的二姑户口，又从呼和浩特市迁到乌兰察布盟丰镇，费尽了周折。

二、奶奶一家从老家迁居呼和浩特市

呼和浩特是一座包容的城市，具有海纳百川的胸怀，她既古老而又年轻。几千年来，主要民族有汉族、蒙古族、回族、满族，还有不少民族来到呼和浩特市，在这里定居生活，繁衍生息，多民族团结和睦相处，平等和平相待，共同把呼和浩特建设成为草原上一颗璀璨的明珠。

1972 年 10 月，父亲把奶奶一家五口人的户口关系迁到呼和浩特市。奶奶一家并没有立刻迁居到呼和浩特市，他们打算在老家再过最后一个年，准备在过年期间，跟亲戚们和相处关系比较好的邻居们叙旧道别。虽然，两地相距二百多公里，但是，限于当时的条件，相见一次也不是件容易的事。为了不影响几个正上学的叔叔姑姑的正常学习，等他们放寒假。所以，奶奶一家等第二年才迁居到呼和浩特市。

1973 年开春，我家那时在呼和浩特市五塔寺前院居住，院门口前有一大片空地。有一天，我正和四五个小伙伴在院门口前推排子车玩耍，玩得大汗淋漓，忽然听到有个小伙伴跟我说："你家来亲戚啦！"我回头看到有五六个乡下人装扮的人正走进我家院门，父亲在拉煤时，认识的农民朋友经常来我家，他们来呼和浩特市看病或者买东西时就来我家，我也习以为常没当回事，就继续跟小伙伴们热火朝天地玩着，顾不上看谁来了谁又走了。当我玩到口渴难耐时，就跑回家喝水。进屋后，母亲跟我说：“你奶奶和你叔叔姑姑们，从老家搬到呼和浩特市，以后就住在呼和浩特市不回老家了。”嗬！听后真高兴，身边又多了几个亲人，原来我也有这么多亲人。

我印象最深的是：奶奶头上裹着一块棕色头巾，上身穿着黑色对襟布褂，下身是黑裤并打着裹腿，还有一双缠过足的小脚。四姑头顶上梳着一根朝天辫，上身穿花布褂子，感觉有一种原生态之美。

这时候我才明白，母亲为什么跟居委会主任争一间平房。这间房子就在我家的后面一排，居住面积跟我家相同，有二十平方米左右，产权属于父亲工作单位——内蒙古一建。原来我母亲跟我们大院的居委会主任争的房子，是给我奶奶和叔叔姑姑们住。母亲真是胆大包天，我们院的居委会主任已经当了十几年了，前后共当了二十几年的主任。在上小学时，我认为那是个很大的官，老主任想占上房子给自己儿子结婚用。母亲打听到原住户刚搬走，就把一捆旧行李放在房子里，然后又把房门用一把小锁头锁住。母亲最终把这间房子占上，等奶奶一家人来呼和浩特市后居住。

当时，母亲就怎么不怕得罪居委会主任？如果我和弟弟妹妹们长大后，要去考学校、当兵、参加工作时，让居委会主任开介绍信不给开咋办？这是当时必须走的手续，没有介绍信什么也办不成，是很现实的问题。当时，母亲没有别的办法，也只能这么做。要先考虑眼前的问题，总不能让奶奶和叔叔姑姑们住在马路边。

奶奶一家从老家搬来呼和浩特市时，不是父亲开车拉来的，而是父亲的王姓同事正好到老家附近拉运货物，父亲委托他把奶奶一家人和生活用品一起拉到呼和浩特市。奶奶从老家带来一个碗柜、一个板箱、一个水缸、几个坛子、一个风箱、一张席子、几套行李。这就是奶奶一家的主要家当。

和我相处的邻居、同学及同事当中，绝大多数是从外省市和外旗县迁居到呼和浩特市的，有少数人家的爷爷、奶奶、姥爷、姥姥、姑姑、姨姨从老家来呼和浩特市给家人照看小孩，也有冬农闲时来呼和浩特市走亲戚的。但把在老家的爷爷奶奶的户口迁到呼和浩特市的基本没有，把叔叔姑姑们的户口迁到呼和浩特市的更是没有，只有父亲做到了。

奶奶一家迁到呼和浩特市后，就发生了一件有意思的事。

那是奶奶一家到呼和浩特市过的第一个春节。年前奶奶打扫家准备过节，父亲这时工作十分繁忙，但他还是请了一天假帮奶奶打扫家。在这当中，四姑站在锅台上，双手抓住一根钉在两面墙挂毛巾的绳子玩耍。突然，绳子断了，咕咚一声，四姑摔到地上。她坐在地上就哭起来，这时父亲看到后，急忙走过去把四姑从地上抱在怀里安慰，就像一个父亲对待自己的儿女一样自然。可能爷爷以前都没抱过四姑，她当时已经上小学了。直到四姑不哭后，父亲才把她放到地上，我跟妹妹站在旁边都看得惊呆了，既感到好笑又感到奇怪，同时心里又觉得不是个滋味，在记忆中父亲就没抱过我……

三、奶奶一家刚迁居呼和浩特市时几家状况

奶奶一家迁居呼和浩特市时，二叔在二连浩特市劳动局工作，在那里成家定居。

二叔小时候的情况比父亲要强些，完成小学六年的学业，比父亲多上了两三年学，比父亲少干了些苦力活儿。二叔小学毕业后，因家庭困难没条件继续上学，如果有条件的话，很可能取得高等学历。二叔上学时的成绩非常突出，又很喜欢学习，到五十岁时还自学日语，是多么难能可贵。

二叔辍学后，也是走出家门寻找生活出路，最后落脚到内蒙古二连浩特市。他通过自己的勤奋努力，最终在劳动局工作，还担任了劳动局的领导职务，有了相当不错的前程，在二连浩特市退休，至今生活在这座城市。

这时的大姑，她已在内蒙古锡林郭勒盟苏尼特左旗成家。大姑在四姐妹中是长女，自然在四姐妹当中吃苦受累最多，但大姑的性格最好。总是见大姑笑呵呵的样子，从不跟兄长和弟弟妹妹们产生矛盾，她宽厚待人。当时，大姑一家的生活水平跟几家相比较困难些，在这种情况下，也没有改变大姑乐观开朗的性格，她还是笑对生活。

大姑临近初中毕业时，正赶上“文化大革命”。大姑在校时的学习成绩非常优异，如果按正常升学规律情况下，一定能考取高等大学。即使大姑临初中毕业时没赶上“文化大革命”，爷爷奶奶也没有条件让她上大学，只能让大姑早早成家。

这时二姑刚在乌兰察布盟丰镇结婚。之前，父亲把二姑的户口从老家迁到呼和浩特市后，不久，父亲为了尊重奶奶的做法，成全二姑的一桩婚事，又把二姑的户口迁到丰镇。至今，二姑还生活在丰镇。

奶奶一家迁居呼和浩特市时，三叔已经在老家的农村下乡。

三叔初中毕业后，曾在锡盟苏左旗干过临时工，在包头打工时，被老家的当地政府叫回去下乡。

三叔上初中时，也赶上“文化大革命”时期，没有正常上学，就稀里糊涂地毕业，也算是初中毕业生。

2015 年 5 月 1 日，正是小长假，我和弟弟妹妹都去父

奶奶和我及妹妹弟弟们

母家中。快到中午时，三叔和四叔也去看望我父母亲，他俩准备请我父母到饭馆吃饭。这时，我跟弟弟妹妹已经准备好午饭，大家就都在父母家聚餐。其间，三叔跟四叔开玩笑说："我们兄弟四个就数你学历高了。"大家听到后，都大笑起来，我认为是逗个乐，但又认真一想，三叔说的是实话，只有四叔迁到呼和浩特市，才完整地上到初中毕业，所以，才说四叔学历最高。

三叔在老家下乡期间，每年春节都回到呼和浩特市奶奶家中过年。这时，我经常在晚饭后，拿一副军棋跟三叔下棋。一种玩法是："翻暗军棋"。谁翻的棋子多，谁就有可能输棋，在人少时就这么玩。另一种玩法是："碰军棋"。把军棋立在棋盘上互相碰完比大小，这需要第三人做裁判，人多时就玩碰棋。有时还有人围观，红火又热闹，还惊险刺激，每次都玩到十一二点钟，直到瞌睡时才"收兵"。我抱上军棋回家，我家就在奶奶家前一排住，回家也方便。

父亲把奶奶一家迁来时，三姑、四叔、四姑都正在老家上小学，父亲把他们三人都转到呼和浩特市向阳区五塔寺小学上学。小学毕业后，在呼和浩特市六中和呼和浩特市二十六中上初中。在父亲的呵护和帮助下，他们三人都顺利上到初中毕业，都是正宗的初中毕业生。

四、奶奶一家迁居呼和浩特市后靠什么生活

奶奶一家四口人的生活，靠二叔每月从二连浩特市寄给奶奶十元，还有每年冬季时都给奶奶寄牛羊肉。

大姑在锡盟苏左旗生活，条件最差最困难。她也是自身难保，没有经济条件接济奶奶一家，只有每年冬季时，给奶奶寄些牛羊肉，过年过节时给寄点钱。

在乌兰察布盟丰镇的二姑，生活过得也是不太宽裕，家中人口少，日子还过得去，只在传统节日时，给奶奶一家寄点钱。

在老家下乡的三叔，过着自给自足的生活。每年挣些工分，折算成现金也没多少，基本上够自己的生活。随着三叔年龄的增长，也在为自己以后的成家做着准备。

奶奶一家人的生活，主要靠父亲供养，父亲当时每月工资是三十多元，名义上每月给奶奶一家十元生活费，二叔每月也给奶奶十元，实际这二十元根本不可能满足奶奶一家四口人的开销。当时，买两袋（共一百斤）最次的标准粉白面也需要十八元，还没算副食类和蔬菜及各种调料，

还有叔叔姑姑三人的上学费用、穿衣、日用品等等。另外，奶奶一家的一年四季做饭和点炉子所需的煤炭，都由父亲购买并送到家。奶奶即使有天大的本事，也是巧妇难为无米之炊。

父亲只好悄悄再给奶奶一些钱和吃穿用的物品，如果父亲不这样做，奶奶一家是没办法正常生活下去的。父亲宁可自己一家生活水平下降，也不会让奶奶一家受太多的苦。有苦一起吃，有福一起享，这是父亲一生的愿望和做法。

如果我家人经常大鱼大肉地吃喝，而让奶奶一家人吃窝头就咸菜或饿肚子，那父亲是万万做不到的，他会寝食难安的。

我大表弟曾跟我说过："大舅（我父亲）出车时买好东西，在汽车上就分好了，大舅家一半，姥姥（我奶奶）家一半。"

是的，这都是公开的秘密。父亲在本市和外地买到比较稀罕和好的食物或用品，都会分给奶奶家一半，这种事情只有我母亲和我们弟弟妹妹们不知道。其实，我母亲不全知道，也大概知道，那是秃头上的虱子——明摆着。母亲知道父亲是个大孝子，宁可我们自己家受苦受委屈，也不愿让奶奶受苦受难。母亲一直都知道，奶奶一家比较贫穷，很同情他们。所以，母亲也不拦阻父亲太多地去接济奶奶一家。

这时，母亲已经在干着一些临时工，给家里增加些收入，也是间接地帮助奶奶一家。母亲并没有怪怨父亲太过供养和接济奶奶而闲坐到家中。她不上班在家中可以照顾我和弟弟妹妹们，也是合情合理的。

如果母亲不出去工作，我家的收入肯定要减少，相应的，父亲接济奶奶一家的钱也会减少，这是很简单的道理，谁都会明白的。母亲没有待在家照顾我和弟弟妹妹们，一直寻找机会打着临时工。

母亲在奶奶一家没有迁居呼和浩特市时，先是照看我太早夭折的哥哥姐姐，母亲没有找固定工作。那时找固定工作还是比较容易些。

等我三四岁时妹妹也一两岁了，母亲开始断断续续干些临时工。最早在自来水公司挖沟，挖沟最浅处也需挖一米五，挖好后铺设自来水管道。这可是个体力活，不仅要有力气，还要有耐力才能完成，这种活多数是由男人来干的，母亲的胸膜炎就是在这时落下的。

之后，母亲又在工地上当小工。当时的建筑工地基本上是盖平房，母亲从地面上往脚手架上的灰斗子里投放水泥砂浆，还往脚手架上递放砖块，供瓦工师傅们砌墙体用。

母亲在干临时工期间，每天中午不回家，因家离干活儿地点有十几公里，没有公交车，没有自行车，没有足够的时间回家吃饭，如果回家下午上班都来不及，也没有体力来回奔走。早晨，母亲从家走时带几个馒头或几个窝头，再带些咸菜，至中午时，就上开水吃一顿午饭。吃完饭后在临时工棚休息，有时在大树下休息。休息后继续干活儿，下午下班后，母亲拖着疲惫的身体，步行向家焦急地赶去。她知道在家中还有幼小的我和妹妹，在等着一天都没见到的妈妈回家，所有的幼儿都渴望得到更多的母爱和关爱。

母亲干这几段临时工期间，在夏天时多数把老家的姥爷叫来我家照看我和妹妹。有一个暑假把老家的三姑叫到我家照看我和妹妹。

这期间发生了两件有趣的事情。

那时是我还没有记忆力时发生的事。我是听母亲跟我讲的："由你姥爷照看你和妹妹时，妈上班后，一天下午你睡醒后要找妈，找不到后，你就大哭起来。你姥爷咋哄也哄不住你，你想要甚玩，你姥爷就给拿甚玩。那时候也没有什么玩具，你姥爷把一个墨水瓶子拿给你玩，是个装蓝色墨水的瓶子，不知道这时候，你手上沾的蓝墨水抹到自己的脸上，等你姥爷发现你脸上有蓝色，以为你哭的时候把脸给哭青了。这可把你姥爷吓坏了，你的一个哥哥一个姐姐早早没了，你再有个三长两短咋办？你姥爷整整着急了一个下午，也不知道该咋办。好不容易等我下班回了家，你姥爷赶紧就把你的脸哭青的事跟我说，我一听也有点害怕，一看你的脸上有青色的和黑色的泪痕，先给你洗洗脸，脸脏得也看不出。一洗脸，脸上的东西全洗下来了，脸上干干净净的，甚也没有。站在旁边的姥爷，这时候长叹了一口气说：‘闹半天甚事也没有，这吓人倒怪的，我以为把个娃娃给哭坏了。’你姥爷这时候才有了笑脸，开始说笑起来。”

另一件事是，那时奶奶一家还没有迁到呼和浩特市，三姑放暑假时，父亲把她从老家接到我家来看看。三姑还没来过呼和浩特市，也没有出过远门，顺便照看我和妹妹一个月左右。

一天中午吃完饭后，父母亲都上班去，在我家炕上，三姑安顿我和妹妹睡午觉，不知道什么原因，我跟妹妹谁都不想睡觉，三姑无论怎么哄，我俩就是睡不着。最后，三姑拿出了大招，对我俩说：“欢欢睡哇，再不睡觉看让‘黄世仁’抱走呀，你看‘黄世仁’进屋啦！”当时就感觉“黄世仁”不是好人，是个大坏蛋。我俩马上被吓得不敢乱动，做出乖乖要睡觉的样子，我猜想：是不是睡着后，“黄世仁”就不往走抱我俩了。我闭上眼睛准备睡觉，又偷偷睁眼看三姑，嗬，三姑的眼睛里满是泪水，像是已经哭了。这时，我更感觉“黄世仁”已经站到我家门口，要不然三姑为什么会哭。我吓得连眼睛也不敢睁开，想立即睡着，这样我就不会被抱走。真奇怪，我还真睡着了，不知是被吓得，还是真瞌睡了。

等奶奶一家迁居呼和浩特市后，我才知道三姑的胆量非常小，她见到家里养的鸡、鸭、猫都害怕，连兔子都不敢摸一下，碰到这些小动物都会躲开。这时我才知道了，以前，三姑想让我和妹妹睡觉，用“黄世仁”吓唬我俩时，把她自己都吓哭了。

后来，奶奶患肺癌晚期时，医院不接收让回家去静养，医院没有办法医治，只给开些减轻疼痛的药。奶奶回家后是独居，三姑和四姑她俩胆小到都不敢给奶奶做伴，只好由我和二弟轮换着给奶奶做伴，大多数由二弟给奶奶做伴。

1972 年，二弟出生后半年，母亲就撇下还在哺乳期的二弟，到洗衣粉厂干临时工。厂领导也是人性化管理，同意母亲上班时，在上午和下午的中途回家，这次，母亲选择到离家近的地方上班，就是为了能在上午和下午中途回家给二弟喂奶。这时，母亲为了节省时间和方便回家，买了一辆自行车。这在当时可是件大事，能买一辆自行车，相当于现在买一辆小轿车，不光是要积蓄多年，还需要有“自行车”供应票，二者缺一不可。

母亲在上班中途回家给二弟喂奶时，同时带回家一身刺鼻的洗衣粉味道。因为时间紧，母亲没有清除身上的洗衣粉末，她抓紧时间给二弟喂奶。这把二弟呛得连连打喷嚏，家里其他人也呛得打喷嚏。尤其婴幼儿更是受不了，那时非常缺乏保健知识。同时生活条件差，不久，二弟的头上和脸上开始起红点，就这都没太当回事。之后二弟全身起红点，严重时头上起疮流黄水，直到二弟上小学后，头上的疮才消退掉。

母亲在洗衣粉厂干了一年左右，自己都呛得有了鼻炎和咽炎，实在坚持不下去，这才辞掉了这份工作。

这时，我家面临搬家，准备从居住区东面搬到西面。在东面居住时，我家紧邻一口压水井，居民区约五十户人家吃水用水，都到这口压水井来打。一年四季水经常流入院子里，住家墙体长期被浸泡，家里总是阴冷潮湿，尤其到冬天后，更是寒冷发潮。由于处在居住区的中心位置，不论是打水的人，还是玩耍的和路过的人，有意和无意的人，在白天和半夜总有人敲打我家墙体，发出的响声影响到我们家人的正常休息，西面有一户搬走后，父亲决定把我家搬到西面住，正需要母亲去料理一番，等搬过去后，接着为奶奶一家从老家迁居呼和浩特市准备着，这就发生前面讲过的跟居委会主任争房子的事。占上房子后，母亲也简单地收拾了几天房子。

在奶奶一家迁居呼和浩特市后，父亲的单位——内蒙古一建汽车队，开了一个汽车配件厂，就是为解决职工家属就业。这个厂子主要生产加工“弓子板”，专供内蒙古一建汽车使用。之后，也逐步向市场上销售一部分。

母亲每天在车间生产加工“弓子板”。到夏天时，加工时围着高温炉火生产，干不长时间，浑身出大汗，炙热难耐，搬上搬下的都是铁器和钢材，全是重物，再加上加工时发出很大噪音，工作条件和环境非常艰苦和劳累。

几年后，母亲所在的加工厂，被呼和浩特市玉泉区政府改编成玉泉区钢窗厂，专门生产加工建筑物上用的钢窗。在空旷的大型车间生产，也是各种噪音混杂在一起：有切割机的切割声、打磨机的打磨声、击打钢窗的敲打声、电焊机的响声，再有电焊焊接时冒出有毒气体呛鼻气味。最难让母亲克服的是冬天的寒冷，几个冬天后，母亲的四肢关节每遇到寒冷就肿痛，找中医按摩针灸，再看西医，都没有根除。到现在随着年老体衰越发疼痛，就是在最热的三伏天，也要穿上秋衣和秋裤，不穿就身上发冷得难受，这些都是在钢窗上班时落下的后遗症。

我家从旧院搬到内蒙古电影制片厂东侧后，由于单位离家远，母亲体力也不足，到冬天时，遇到雪大路滑很不安全，只好提前办理病退回家休息。

母亲在玉泉区钢窗厂干了十几年，并不十分愿意办病退，是在父亲的劝说下才决定的。父亲说："我几个迁到呼和浩特市的弟弟妹妹成家了，就一个老人（我奶奶）咋都好办。不用咱们一家承担太多。咱们茂茂（我）和萍子（我妹妹）已经上班，家庭情况比以前好多啦，用不着太辛苦了，能休息就休息。"有这样多种原因，母亲才决定不再上班。

我在想：母亲从小是在一个比较优越的家庭中长大的，一直备受姥爷和姥姥的宠爱、舅舅的呵护，过着衣食无忧的富足日子。就在三年困难时期都能吃饱穿暖，没有缺吃少穿而挨饿受冻，这在那时期是不多见到的。为什么跟父亲结婚后，吃苦受累时母亲也没有放弃，一直坚持劳作，主要是母亲对家庭负责，促使母亲逐渐改变着自己，慢慢去适应生活的磨难和困苦，到能面对生活中的各种挫折和矛盾。面对四个小姑子，没有矛盾是不可能的。母亲为了大家庭的团结和谐，最终选择息事宁人来化解矛盾。为了维持两个家庭正常生活，母亲能吃小时候所没吃过的苦，受小时候所没受过的累，尽自己的全力和父亲共同支撑起两个家庭的运转。如果仅仅是为了自己的家庭而全力付出，这是绝大多数母亲能够做到的，但是，一个做大嫂的，为小叔子和小姑子们做出巨大付出，是非常罕见和难得的！

五、父亲给四个弟弟妹妹安排工作

三叔、四叔、三姑、四姑四个人在未就业时，先经历下乡和留城。

奶奶一家迁居呼和浩特市时，三叔就已经开始在老家下乡，在农村生活和劳动约八年时间。眼看着三叔将近三十岁，还没有成家，年龄越大就越难成家。父亲决定把三叔抽调回呼和浩特市，这样即使在呼和浩特市找不上媳妇儿，到老家也容易找上。

20 世纪 70 年代末期，父亲请内蒙古一建总公司劳资料（人劳科）姓米和姓陈的办事员，三人一起去老家，给三叔办理抽调回呼和浩特市的手续和户口手续。父亲买上三个人的火车票和汽车票，一路上吃的、喝的、抽的、住宿全由父亲包揽。他们寻找公社、大队、小队几级政府机构去解决办理事项，赔着笑脸好话说尽，历经周折，经过十几天的协调奔忙，终于把三叔从老家乡村调回呼和浩特市。三叔立刻从乡下人转变为城市人，城乡之间的各种待遇差别是巨大的。

20 世纪 70 年代中期，三姑在呼和浩特市初中毕业后，也将面临下乡，这是当时国家的一项政策，除了留城外，谁也逃脱不掉，父亲找关系，精心给她安排到一个条件好又方便的农村下乡，最终选择到内蒙古乌兰察布盟察哈尔右翼后旗土牧尔台（原来旗政府）下乡。因为父亲的姨姨在土牧尔台居住，按我们老家的习俗：父亲的姨姨我称呼老姨姨。所以，父亲让三姑到老姨姨那里下乡，就是因为那里的条件比较好，也为了得到更多的帮助和照顾。

父亲坐火车把三姑直接送到下乡的地方，在当地办好一切手续后，才独自返回家。

三姑下乡后，也确实得到老姨姨全家人的关心和关照。

每年的节假日及家中有好饭菜时，老姨姨就请三姑到家中共同享用，她经常到三姑那里解决生活中的困难并带去问候，同时，也减轻了三姑的寂寞孤独感和思乡之情。

父亲也是在工作中，立争到三姑下乡的地方拉运货物，开汽车顺便去看望她并带去吃穿用的物品，尽力地改善她的生活条件，让她少受些苦。父亲每年都去看望几次。

父亲自然也去看望老姨姨，也尊敬老姨姨和老姨夫，当然也想让他们全家人高兴后，能更多地照顾三姑。

这时候，我想起一件令我纳闷儿的事。我刚到呼和浩特铁路局工作时，被分配到铁路沿线上班。从 1985 年 1 月到 1988 年 1 月，整整三年都在乌兰察布盟卓资山上班。我是第一次到外地工作和生活，父亲当时还开汽车，也方便去，但父亲一次都没看过我，也不了解我的工作情况和生活状况怎么样，有哪些困难和不方便之处。

从呼和浩特市到卓资山一百公里左右，而呼和浩特市到三姑下乡的地方是三百公里左右。父亲三年来从未看过我，这让我很是不理解，也想不明白，这是因为什么？有父亲的我得到的父爱少，而没父亲的人得到的呵护反而更多。这就是父亲对待自己的四个弟弟妹妹和自己四个儿女的总体态度。此类情况，比比皆是，这只是其中事情之一。这让我分不清楚父亲跟谁更亲近，谁的分量在父亲心目中更重。

2010 年春节期间，我和媳妇给三叔三婶拜年，大家聊起家常事，三婶跟我们说："前两天在你四叔家，你叔叔们跟你姑姑们争论起来，以前你爹更亲谁，你叔叔们说起，你爹为你三姑下乡，咋想办法安排到最好的你老姨家附近下乡，还经常去看她。"

其实，他们争论的这件事，只是我父亲为他们所做事情的冰山一角。比较起来也不是件大事，还有更大更重要的事。如：父亲给他们迁户口，养活了他们几年，为他们安排工作、操办婚礼，还把大房子让给三叔住。父亲为了能在内蒙古一建安排他们四人上班，放弃了到新华社内蒙古分社工作的机会，影响了自己更好的前程，还影响了自己四个儿女的美好未来，而自己的多数子女也下岗了。

这些完全是一个父亲对儿女们才能做到的一种牺牲精神，好多的父亲对自己亲生的儿女都没做到这些，而父亲对他的四个弟弟妹妹都做到了。

父亲的思想观念，还是中国传统观念，认为我两个叔叔要娶媳妇，自然对两个叔叔有更多的考虑和付出，相比较对我两个姑姑考虑得少些，她们俩结婚更容易些，没有太大的经济压力。

我四叔是他们四人当中，唯一没有下乡的。当时的国家政策，允许每一个家庭有一个子女不用下乡，可以留城，留在家中能照顾父母亲。四叔初中毕业后，先干了几年临时工。

我四姑初中毕业后，知识青年上山下乡的政策快到尾声，国家控制得不严了。她只办理了在呼和浩特市郊区下乡的手续，实际并没有到农村下乡劳动，只在家中待业。

父亲先是给三叔安排工作，把三叔从老家抽调到呼和浩特市后，马上就找内蒙古一建总公司领导。

原来，父亲把奶奶一家户口迁到呼和浩特市后，考虑以后安排两个叔叔和两个姑姑的就业问题。开始找内蒙古一建总公司的领导——刘姓军代表和董书记，父亲把我爷爷太早离世，剩下我奶奶和四个叔叔姑姑几个孤儿寡母，以及所面临的各种困境和艰难等，都跟领导讲清楚。父亲还说："我现在自己家也是五口人（三弟未出生），孩子们以后全长大，都要上学，各种费用需要的越来越多，我感觉越来越吃力，再加上母亲和四个弟弟妹妹共十口人，我真是没有能力来养活他们，请领导们无论如何要给我弟弟妹妹想想办法解决工作，让他们干什么活儿都行，就是干最苦最累的也不怕，只要给他们一口饭吃就行。"

按常理，一般人是为自己的儿女们的工作而找领导，而我父亲是为自己的四个弟弟妹妹的工作找领导解决，需要安排的人员还挺多，这不符合常理，也让领导们困惑。这种事比较少见，其实，父亲就办了好几件。

刘姓军代表和董书记，都是经历过战争的军人，曾打过枪打过仗，对劳苦大众有着本能的阶级感情，他们非常同情奶奶一家的遭遇，同时，也被父亲的孝心和亲情所感动。

领导也了解父亲是个工作狂，知道他几乎月月都超额完成运输任务，年年都被内蒙古一建汽车队评为“先进生产者”，领导也为了帮助职工解决后顾之忧，更好地干好工作，最后跟父亲说：“一定想办法解决你几个弟弟妹妹的工作。”

时隔六七年后，父亲再找领导给三叔安排工作，此时，刘姓军代表已调回北京工作，董书记还在位，他没有忘记当初的承诺，并表示一定尽快就给解决。父亲接连几次找董书记，请求能否尽快给三叔安排工作，并多次跟领导说：“我三弟弟是三十岁的人啦，工作也没有，在家待着，他自己都养活不了自己，更找不上对象。”董书记到最后决定说：“我们已经研究好，你三弟弟可以上班，到劳资处去办手续。”父亲再三对领导表示谢意，并表示，以后用更好的工作表现，来报答领导的关心和照顾。

三叔从老家下乡抽调到呼和浩特市，几个月后就到内蒙古一建三分公司上班。最早三叔干架子工，属于高空作业，工作时爬高下低比较危险。

父亲把三叔安排到内蒙古一建上班后，紧接着到内蒙古劳动局（人社厅）给三叔争取到一个“国营”指标（正式工）。有了这个基础才允许提干，如果只给争取到一个“大集体”指标，就是有再大的能力也只能当工人，这是当时政策所规定的。

三叔没有辜负父亲的希望和付出，不久被借调到材料科工作，稍后又调到财务科搞工程预算，这是项有技术含量的工作。好在三叔在下乡时干过会计，对财务工作不太生疏，很快进入角色。之后，他又调回材料科任副科长和科长，最后，他通过自己的努力升至内蒙古一建三分公司副经理。

父亲为我和弟弟妹妹们找工作，都没有费如此大气力。我和弟弟妹妹四个人到就业时，父亲就不如早些时候给我四个叔叔姑姑们找工作迫切，可能是父亲对找工作这件事已感到疲倦，也可能是求得人太多，不好意思再求人，还有可能是因为无能为力，为自己的儿女争取到的都是“大集体”指标。父亲也早于儿女为我四叔、三姑、四姑争取到“大集体”指标。

1984 年 5 月，我高中毕业后，先在三叔单位干了三个月临时工，接着三叔给我争取了一个“二集体”指标，待遇比临时工强些。开始到建筑工地学徒干木工，也是干了两个月后，我们这些“二集体”职工大多数转成“大集体”职工，待遇比“二集体”职工好，其他待遇跟“国营工”（正式工）一样，只是不能提干。又干了一个月左右，正赶上铁路招工。

1984 年 11 月底，我三姑夫得到消息：呼和浩特铁路局招工，三姑夫拿上我的户口和高中毕业证及两张照片给我报了名。他让我抓紧时间复习数学、语文、政治三门功课，准备参加考试。

1984 年 12 月 8 日，上午，考了语文，下午考了数学，9 日上午，考了政治。

不久，三姑夫打听到我被招工录取了，在年底，到新华广场西侧的铁路门诊楼，拿上录取通知书和所分配单位通知。随后，我到内蒙古一建三分公司办理了辞职手续，我在热心肠的三姑夫帮助下，成为了呼和浩特铁路局一名正式工。至今，还在呼和浩特铁路局恒诺呼和公司上班。

我唯一的妹妹，初中毕业后，父亲把她安排到内蒙古一建服务公司上班，父亲没办法给她争取到“国营”指标，最后，只争取到一个“大集体”指标，在单位干出纳和打字等工作。

二弟初中毕业后，父亲把他安排到自己的单位——内蒙古一建汽车队上班。二弟既学汽车修理，又学卡车驾驶，父亲只给他争取到一个“二集体”指标，连“大集体”指标都没有争取上，最后在三姑夫的帮助下，才给二弟争取到一个“大集体”指标。

我三弟初中毕业后，父亲原打算让他“接班儿”，自然成为一名“正式工”，可是等他毕业时，父亲单位面临倒闭下岗状态，三弟没接成“班儿”，只好到商场当保安。

父亲给我三叔安排工作后，又把我三姑从下乡的地方抽调回呼和浩特市，这次和抽调三叔相比，容易多了。三姑从呼和浩特市到农村下乡，自然要抽调回呼和浩特市。而三叔是从老家下乡到农村，按政策是从哪里下乡，再抽调回到哪里，再抽调回呼和浩特市，颇费周折，难度相当大。

父亲多次找内蒙古一建总公司的董书记，请求他给我三姑安排工作。领导最终同意给安排工作，也让她到内蒙古一建三分公司上班，跟三叔在同一个分公司上班。最后，也争取到一个“大集体”指标。

等四叔和四姑都初中毕业后，父亲把他俩也安排到内蒙古一建上班，同样给他俩争取到“大集体”指标。

我四叔跟我讲他发生过的几件趣事：“我刚上班那几年，有好几次正跟同学们在你奶奶家抽烟，听见院里你爹的咳嗽声，像要进屋了，吓得我把正抽半截的烟藏进裤兜里，结果把裤兜烧了几个窟窿。还有几次也是正跟同学们在你奶奶家抽烟，你爹已进了家里，手里的半截烟来不及藏裤兜里，就藏在手里，结果把手烧了好几个水泡。”这种事有好几次了，四叔边说边笑，我听后也跟着大笑起来。

那时候，我父亲没批评过四个叔叔姑姑们，更没教训过他们，甚至都没大声跟他们说过话，尤其是三叔和四叔，见到父亲后都表现出毕恭毕敬的样子，好像还有些害怕。

自这时起，他们四人都有了工作，就有了保障，父亲的重担大大减轻，再不用养活他们几个，开始共同赡养奶奶。父亲为了给两个叔叔和两个姑姑在内蒙古一建安排工作，自己放弃了到新华社内蒙古分社工作的机会。

六、父亲暂时到新华社工作

1977 年，在呼和浩特市举行庆祝“内蒙古成立三十周年”大庆的一系列庆典活动。

放礼花是“大庆”的一项主要活动内容。在“礼花之夜”的前一天，我二叔从二连造特市赶到呼和浩特市住到奶奶家，准备去新华广场观看。

在放礼花那天，二叔吃完午饭，午休后领上我向新华广场走去。我俩走到广场时，已经有市民在游玩，还有做小买卖的，有卖冰棍的，有卖炒瓜子的，有给人照相的。位于广场北端，中间隔着一条新华大街的“主席台”上，台子两侧有几排水泥座位，工作人员在忙碌地布置着。这个主席台和周围，在 20 世纪 80 年代初被拆掉了，建成呼和浩特市最早的自由市场，80 年代中期又建成内蒙古电视台。

下午四点钟左右，有五六辆圆顶子大轿车进入广场西端后，有人员从车里往下搬纸箱子，我好奇地走近，才看清楚全部是礼花炮类的物品。我那个年龄段，很喜欢放鞭炮和礼花炮，心里一阵高兴，今天晚上可有好看的“礼花盛宴”！我从没见到过这么多的礼花炮，盼望着天快点黑下来。我和二叔不打算先吃晚饭，怕回家再来耽误了看礼花，虽然肚子有些饿，却也没心思管它。

天色终于开始暗下来，新华广场上开始零星地放起礼花。随着天色完全黑下来，各种礼花越放越多，争相吐出各色焰火。多数礼花打向空中，五彩缤纷的色彩照亮了夜空，美轮美奂的天空太漂亮、太美啦！仿佛进入到童话世界。放礼花的同时，发出震耳欲聋的响声，我跟站在身旁的二叔说话都很难听清楚。放礼花期间，有些礼花不知什么原因，朝围观的人群喷去，我跟二叔站得靠前，观看的人太多，我没有躲开，被礼花弹打到腿上和脚上，当时只感觉脚腕上发烫。焰火放了约两个小时，直到看完所有礼花，我才和二叔回家。虽然回家的路上有点饿，有点渴，有点累，但是，还是非常高兴，这太过瘾了，能看到这么多、这么长时间的礼花。回到家时十点钟左右，隐隐约约觉得脚腕上有点疼，我卷起裤脚一看，袜子已被烫开两个小窟窿。

那时，新华社内蒙古分社只有两名专职司机，有两辆北京212吉普车和一辆已不能正常行驶的“伏尔加”小轿车。由于，新华社记者们经常到内蒙古各盟市采访，立刻显得司机人手不够用，分社领导决定从内蒙古一建汽车队借调一名汽车司机。

那时，呼和浩特市汽车运输单位中有三个大型单位，内蒙古一建汽车队的先进车型最多，而且运输车辆整体车况最好。最重要的是，内蒙古一建汽车队有很多复转军人下地方工作的司机，社会信誉度高，人员素质普遍高，是一个可信赖的单位。

这样，新华社内蒙古分社，到内蒙古一建汽车队借调一名司机，要求是：驾龄十年以上，技术过硬，能排除故障，有丰富的经验，工作认真负责。于是，内蒙古一建汽车队领导派父亲去内蒙古分社工作，为“大庆”服务。

同年 4 月，父亲被借调到分社工作，经常开分社的北京 212 吉普车，由内蒙古分社沈社长带队，和三四名记者到伊克昭盟的旗县采访，少数到包头采访。先后到东胜、伊金霍勒旗、达拉特旗、昭河等地采访。父亲记忆中很深的是，记者们先后三次采访巴图巴根书记。巴书记可随和了，对人也亲切，没有官架子，还爱吃胡萝卜，他亲自安排工作人员，要照顾好记者们的吃饭和住宿生活问题。

当时，巴图巴根任伊克昭盟盟委书记，后来，巴图巴根担任内蒙古人大常委会主任。

父亲所开分社的北京 212 吉普车是老旧车，车况不太好。从呼和浩特市到盟市采访的来回路途中，路况也不好，车经常出故障。有一次，车的变速箱出问题挂不上挡，父亲凭借在学徒时跟师傅学到的各项技能，找到故障并及时排除掉。当遇到沙窝时，采用适当措施车稳稳开过，使采访工作正常进行。这时候，沈社长和记者们都长长出了口气，放下心来。记者们跟父亲说：“这下我们不用步行走几公里甚至几十公里路，找老乡的拖拉机去拉修理工修车了。以前好几次采访时，车坏在半路上，有时候车冲进沙窝子不能走，我们步行了几次找拖拉机，既耽误时间又挺麻烦，我们现在不用担心了。”

父亲到内蒙古分社工作了五十天左右。每当汽车出现故障时，父亲能自行排除，遇到沙窝时采取合理措施平稳通过，工作不忙时，及时养护和保养汽车，到使用时能正常使用，没有因为工作不忙时擅自离开岗位，保证随叫随到不影响工作，得到沈社长和几位记者的充分信任。沈社长跟父亲在两次闲谈中说：“到我们新华社上班吧，我们单位司机少，这个单位很不错，你想来就把你调过来。”

庆祝“内蒙古自治区成立三十周年”活动顺利结束，父亲没有辜负领导的信任，出色圆满地完成任务，他准备回内蒙古一建汽车队上班，找到沈社长道别。

沈社长很认真地对父亲说：“不是以前几次跟你说过，跟你们单位说说把你调到新华社，你回去干什么？”父亲说：“我回到华建（内蒙古一建）还有事要解决。”沈社长说：“你有啥事？啥困难说一说，看能不能给你解决了。”父亲说：“我回到华建想解决两个弟弟和两个妹妹的工作，我要调到新华社以后能不能给他们解决工作？”沈社长说：

“你弟弟妹妹现在在干什么？”父亲说：“他们有的在下乡，有的在上初中。”沈社长说：“这个真给你解决不了，在新华社都是些专业人员，是有编制的单位，不能随便安排一个工作。”父亲说：“不能给他们四个安排工作，我也不能来新华社。那我回华建给他们解决工作。”沈社长说：“你再考虑考虑。”父亲说：“行，我回家再考虑考虑。”

父亲最终选择回内蒙古一建，为自己的四个弟弟妹妹将来有个工作做着准备。

后来，沈社长调到兰州市工作。

父亲早在 1972 年把奶奶和叔叔姑姑们的户口迁到呼和浩特市后，就开始找内蒙古一建总公司。最后，总公司领导答应帮助父亲解决我两个叔叔和两个姑姑的工作。

此时，父亲为了两个弟弟和两个妹妹不能到新华社工作，耽误了自己的大好前程，也影响了自己的儿女们，可惜！可惜！千载难逢的绝好机会错过啦！父亲为了自己的四个弟弟妹妹又做出了巨大的牺牲。

如果父亲从新华社内蒙古分社退休，现在退休金能领六七千元，基本可享受党政机关的一些待遇，而从内蒙古一建退休后，退休金还不到三千元。在 2001 年退休前父亲还下岗五年，拿了三年的下岗费，每月下岗费领二百三十元，还有两年分文未领上，生活无着落，没办法只好到一个商场的地下室下夜，这是多么大的落差。

母亲此时已不在集体企业上班，没有任何收入，未婚的三弟在家待业，二弟和妹妹都已下岗。

如果父亲调到新华社上班，我跟弟弟妹妹肯定会有不错的工作。当时的社会现实情况就是，一般家中的父亲在什么单位工作，儿女们基本在什么单位上班，我和弟弟妹妹们即使到不了新华社，也会到相关单位或其他事业单位工作。到现在不致于除我在铁路工作外，妹妹和二弟在内蒙古一建下岗，三弟准备接班时，父亲单位已面临倒闭边缘，未接成班。

现在，妹妹每星期一至星期五到私人小饭桌打工，星期六和星期日在另一个文化补习班干保洁，打两份工为自己交养老保险和医疗保险。

二弟现在给私人开出租车维持生活，他没有能力为自己交任何保险。我非常担心，他年老后靠什么生活？身体有病时怎么医治？一系列生活难题怎样克服？相信未来吧，阳光会普照到下岗人员和困难群体的身上……

三弟先到一个住宅小区当保安，因所在的保安公司不给交任何保险，他干了五年左右后辞掉小区保安工作。又应聘于呼和浩特市某知名商场干保安，这家商场给他上三险，使他以后的生活有一些保障，这份保安工作还不知能干到何时？

母亲在 2010 年办理了城镇养老和医疗保险，生活有了基本保障，在2013年补交现金改办成“五七”工退休养老保险，在2015年改办成职工医疗保险，从此，有了更好的保障。

父亲虽然为错失到新华社内蒙古分社工作的机会有些遗憾和无奈，但是，也为成内蒙古一建一员而感到自豪。他常津津乐道地说起，呼和浩特市60、70、80年代标志性建筑物和主要建筑物都是由内蒙古一建建造起来的。

内蒙古第一建筑工程总公司，曾经在20世纪这三十多年当中，是内蒙古最大的国营建筑企业，人员最多，技术力量最强，建筑设备最齐全、最先进，资质最高。

20世纪60年代开始施工建设河西公司（航天六院），这是国家保密单位，在此施工的职工，有几年每月开工资时还可领到保密费。

70年代建造的位于新华广场的内蒙古广播电台，位于新华大街的内蒙古体育馆旧馆，位于中山路新华社内蒙古分社旁边的内蒙古人大常委会圆顶建筑物，等等。

80年代，是内蒙古一建最辉煌鼎盛的时期，建造的有内蒙古彩电中心大楼、昭君酒店（这家酒店装修是请香港人完成的），重建呼和浩特火车站，重建位于青城公园东门的呼和浩特市体育场，修建位于白塔寺附近的白塔国际机场、位于呼和浩特市三十六中南的内蒙古电力集团公司、位于南郊的呼和浩特市炼油厂和呼和浩特市化肥厂、内蒙古饭店，重建内蒙古图书馆、位于旧博物馆东北侧的《北方新报》报社旧址、内蒙古气象局。位于青城公园北门的国贸大厦，是当时呼和浩特市最高的建筑物，刚开始是由呼和浩特市另一个建筑企业施工未建成，中途由内蒙古一建接手，最后，由内蒙古一建续建完成。还参加了建设北京亚运村，内蒙古一建是内蒙古唯一有资质到亚运村施工的单位，项目完成后有一部分人员留在北京工作，到现在还有人员在北京生活。

90年代，随着国家政策的调整和改革，内蒙古一建走向倒闭边缘，建造的建筑物很少，有位于呼和浩特市金川开发区的伊利新总部和厂区，河西公司（航天六院）的扩建工程，白塔机场的扩建工程。

六、父亲给自己四个弟弟妹妹操办婚礼

父亲的两个弟弟两个妹妹，一个接一个的到了结婚年龄，如果两个妹妹还在老家，好歹都能嫁人，也不用父亲太发愁。

假设，父亲没把自己两个弟弟的户口迁到呼和浩特市，也没给他俩找工作，他们都很可能打光棍。爷爷早早离世，奶奶一家租房住，因为是市民户口，没有耕地。那真是房无一间，地无一垄，只能到处打工，又因家中人口众多，

情况一点不容乐观。

我老家有一个表舅，就是因为他父亲得病早逝，家中没有经济基础，但是有耕地和房屋，也还是打光棍儿了。

父亲把三叔从老家下乡的地方抽调回呼和浩特市后，工作了几个月，有一个女子从乌兰察布盟丰镇坐火车赶到奶奶家，声称跟三叔谈对象，她就是现在的三婶。她当时是丰镇的一名老师，跟三叔在老家上学时曾经是同学，她知道三叔在呼和浩特市的情况后，在一个假期来找三叔，她精明强干又能说会道，三叔肯定愿意找，奶奶也满意，这门婚事很快就订下来。

由于三叔到呼和浩特市不久，认识的人很少，又没有人脉关系，婚礼主要由父亲给张罗和忙乎。

过去结婚办婚宴，还没有包饭馆的习惯，都在自己家和邻居家坐席，父亲提前一个月就开始准备。那时的好烟好酒到过节时才供应，并且要副食票，再说也没那么多的副食供应票，父亲找到副食商店的朋友后，才买到更多的好烟好酒。那时连买豆腐都需要排长队购买，买猪肉需要大量的副食票。那时没有冰箱和冰柜，父亲提前跟农村的朋友订好，等办宴席的前两三天前开汽车到农村买回整扇的猪肉和几大水桶豆腐，又借回家庭里不常用的大锅、大盆、大盘子，还借回烧开水的茶炉，等等。

父亲又找来见多识广并懂得婚礼规矩的朋友当“代东”，

由“代东”给安排各项程序及礼仪，再找两位贾姓的同事当厨师，由他俩做所有的饭菜。

婚宴的前一天晚上，厨师就开始烧肉、煮肉、油炸、配菜，为第二天宴席做准备。等早晨四五点钟时，众人起床开始蒸黄米面、炸油糕，为婚宴早餐做准备。喜庆的日子，就这样在人们忙碌的身影、升腾起的热气和飘散的油香味中开始了。

父亲这一晚上，基本上是彻夜不眠的，他在到处查看着准备情况，看看需要什么，还需要做什么，不时给茶炉添煤，又要注意做饭的锅灶不发生火灾。我早晨起来后看到父亲的双眼熬得发红。

婚宴的当天，把奶奶的左邻右舍和父亲的朋友家房子占用一天，我家和奶奶家自然也占用。婚礼那天，快到中午时分，都准备好了，只等我三婶的出现，她的娘家也在我们老家，按约定：三婶当天早晨坐火车赶到呼和浩特市参加婚礼，当她突然从人群中进了奶奶家，外面才开始放鞭炮，按计划是放鞭炮人站在家门口，等三婶未进家门就放鞭炮表示热烈迎接，当父亲发现鞭炮放晚了，站在院子当中发现无明火，怪怨放鞭炮人没做好准备，父亲的四个儿女们结婚时他都没有这么着急上火过。

当时，奶奶家和东面的邻居家中间没砌隔墙，两家共用一个院，有一个主婚人站在屋檐下的两家门口中间，脸朝院门，面对大家，给站满一院子的人们，简单地介绍三叔三婶谈对象的过程，并对新人讲一些祝福的吉祥话。

最后，主婚人让三叔和三婶向看热闹的人群行三鞠躬，随后向人群抛撒大把大把的糖果，有人跳起来接抢糖果，有人弯腰到地上捡，有些小孩子着急抢糖果摔倒在地，我还抢到一块糖果，这时的热闹气氛达到高潮。

正午时分，“代东”给安排什么人到什么席入座，有几个帮忙的好朋友充当“小二服务生”给每桌先上烟、上茶水、上酒，稍后，上凉菜，再上热菜，最后上主食，在上热菜时，新人开始给来宾们敬酒。

那时候，每上一道热菜，先闻着气味就感觉特香特馋人，那就是一种享受，让人胃口大开。吃了还想再吃，非吃个肚皮溜圆不可，那可都是地地道道原汁原味的绿色食品。

现在，虽然饮食丰富齐全，“色艳味重”，却吃什么也吃不出香甜的满足感。

来参加三叔婚宴的所有人当中，父亲邀请的朋友和同事占一多半以上，他们都积极帮忙，热情捧场。按常理：大家都是参加朋友和同事儿女的婚礼，这一次他们却是参加朋友和同事弟弟的婚礼。这种情况很少出现，但他们也没有抵触和拒绝，真给足了父亲面子。

三姑结婚时，三姑夫的父母亲在二连浩特市生活，都没来呼和浩特市参加他俩的婚礼。三姑夫的几个战友从外地来参加他俩的婚礼，其中有一个挤在大炕上睡，另一个在我家大躺柜上睡觉。

这次婚宴也是由父亲操持举办的。因为三姑夫从集宁调到呼和浩特市不久，认识的人不多。办婚宴的大部分用品由父亲借来，还有厨师和“代东”继续由父亲找来，父亲又把朋友和同事邀请来参加，来人占了参加婚礼总人数的一半以上。不同的是，这次婚宴所用的副食和烟酒大部分不是父亲花费，婚宴是男方女方一起合办的，所以不用父亲大量花费。

父亲给四叔和四姑操办婚礼，越往后场面越来越小，给他俩操作的程序跟三叔和三姑的差不多，只是父亲邀请的人数在减少。毕竟不是自己的儿女们结婚，总不能弟弟妹妹结婚也按自己的儿女结婚的标准来办，再邀请大批人员参加，父亲已意识到这个问题，不好意思再那么做，只邀请非常要好的朋友和同事参加，一般朋友就不再邀请。

当三叔、三姑、四叔、四姑结婚前，父亲请几个非常好的朋友商量，请谁当“代东”时，有两个朋友还因争当“代东”而产生矛盾，他们都很认真地对待每一件事，都尽心尽力地全力帮忙。

在父亲邀请过的所有朋友和同事中，等他们的儿女要结婚时，自然邀请父亲参加，礼尚往来是很正常的事情。父亲自己送上一份贺礼，由父亲一个人偿还以前所欠的人情。

父亲给四个弟弟妹妹操办婚礼中，在所有来参加的总人数，父亲邀请来的朋友和同事都占一半以上。按常规，当自己的儿女们结婚才邀请大批朋友和同事来参加，自己的弟弟妹妹结婚是不请朋友和同事来参加的，只有极少数也请非常非常好的两三个朋友参加，像父亲这样大批邀请朋友和同事的没有第二个出现。父亲总是在打破常规。父亲以前为自己弟弟妹妹所做的一系列事情，就多次打破常规，屡屡创造纪录，这次又创造了一项纪录。

在四个叔叔和姑姑结婚时，我都在自己家那桌入席。在我家坐席的那桌人，都是父亲的好友及好邻居。当他们四人在婚宴上，都要给来宾敬酒，我亲耳听到大部分来宾对他们说："你们不要忘了你大哥大嫂的好处，他们真不容易，可费了大劲啦！"也就说让他四人回报和报答大哥大嫂的恩情！

父亲的朋友、同事及老邻居们，还有老家人，都知道父亲是非常孝顺奶奶，万分关心照顾自己四个弟弟妹妹的人，以及父亲为他们办成的一系列事情，他们主要是被父亲的孝心和爱心所打动和折服的，他们都愿意帮助父亲办事和捧场。

父亲多次跟我讲："你三叔、三姑、四叔、四姑结婚给我敬酒的时候，我的心情特别复杂。控制不住眼里就有了泪，眼泪就在眼圈里转，我既高兴又难受。高兴的是他们的婚姻大事我给解决了，我替你爷爷完成了任务；难受的是你爷爷早早离世，把这一大家人给留下来，我不管谁管呀？我付出了太多太多，真不容易呀！碰到了那么多的难处、困难，我都咬着牙解决啦！谁能知道我的难处？你爷爷在世的话，我就没有那么难啦！”

从奶奶一家迁居呼和浩特市后，父亲经常喝醉酒后躺在炕上哭，边哭边说着让人听不清楚的话……

父亲那是发泄内心巨大的压力，他身上担负着两个家庭的重压，两副重担压得父亲即将崩溃。他吃了常人没吃过的苦，受了常人难以忍受的委屈。求人办事时好话说尽，看着难看的脸色，面对着一系列难题，又承受了常人难以承受的压力，谁又能了解他内心的压力？谁又能替他分担？

父亲为四个叔叔姑姑们所做的一系列事情，按常规是一个父亲对儿女们才能做到的。实际上父亲就是把他们四人当作自己的儿女来对待的，甚至有好多父亲对自己的儿女们都不如我父亲那样对待自己弟弟妹妹尽心尽力和圆满周全。这已远远超出了一个做大哥的范畴和含义！

事实如此，在父亲的精心谋划和努力付出后，他的四个弟弟妹妹经历过迁户口、上学、下乡、上班、成家，都圆满解决。从此之后父亲喝醉酒时，再没哭过，只是伴随呼噜声美美地睡觉，他觉得最难办的任务都已完成，心里已没太大的压力。

当父亲自己下岗，以及儿女们下岗或待业，还有儿女们面临结婚和购房都需要大量钱财等一系列棘手难题时，都没有发生过他喝醉酒而哭的事情，也可能是精力快耗尽，也可能是早已麻木，只能听天由命……

好几次过春节，四个叔叔姑姑在我父母家相聚，我四姑多次说：“大哥数给我操办的小啦！”

四姑的意是：以前他们四人结婚时，我父亲给她操办得不如三叔、三姑、四叔的隆重和场面大，父亲请来的朋友和同事要少些，不是非常红火热闹。

四姑说的那句话，很真实地反映出当时的实情。那时，他们四人每遇到大事，都是我父亲出头露面给解决的，他们总是把我的父亲，当成他们的父亲来使用。那明明就是对父亲才能提出的要求，根本不像是一个妹妹对大哥提出的要求。他们都已经习惯成自然啦，四姑说的时候还在埋怨我父亲。

在我和妹妹弟弟四个孩子当中，按年龄分，妹妹排第二，她也是父母亲唯一的女儿。

当妹妹结婚时，父亲就没有给大办，只把叔叔和姑姑们请到家中吃了一顿饭，用最简单的形式给妹妹办了婚宴，另有一位旧院的老邻居——张大爷来参加。这还是张大爷打听到后赶来的，还有就是妹妹的几位同学参加。

父亲给四姑操办婚宴后，四姑还数次埋怨给她操办得最小，但那也是给她操办了，还占了几个邻居的家办的宴席。父亲请了好朋友和同事参加，而父亲自己唯一的女儿结婚时，就只在自己家中吃一顿饭就算“回门”宴席。我们实在是分不清楚父亲跟自己的弟弟妹妹亲近，还是跟自己的儿女亲近。不知道父亲年老后靠自己弟弟妹妹来孝敬照顾，还是靠儿女来孝敬照顾？这种事情发生得太多太多……

七、父亲把大房子谦让给三叔住

20 世纪 80 年代初期，我家六口人居住在一间将近三十平方米的平房内。姥爷在天气不太冷时也在我家居住，那就是七口人居住。到冬天时，姥爷回老家跟舅舅一起过年。

那时，我和妹妹经常跟父母抱怨居住面积太小，全家六口人睡在外屋一盘大炕上，做饭吃饭、学习、会客都在外屋，在生活中各方面都极其不方便。姥爷来后，在后屋小间内居住。

我和妹妹总是让父母亲到内蒙古一建总公司要楼房或者两间平房也行。父亲就经常抽时间到单位要房，母亲也是平均两个月去单位要一次房，前后要了三年房子。

终于有希望了！有一天，内蒙古一建总公司房产科杨科长来到奶奶家中，要研究有两间平房分给谁。父亲也来到奶奶家中，我家在奶奶家前一排居住。当时，三叔结婚后没有住房，就在奶奶家的后屋住，三叔向单位申请要房，那时还没有商品房，都是单位分配的福利住房。杨科长说："分给我们位于新华广场路南的两间旧平房。如果，我家住新华广场路南的两间房，就把五塔寺前院的一间平房腾出让三叔住；让三叔住两间房，我家就原地不动。"

最后，父亲决定把两间房让给三叔住。这太不合乎情理！父亲处处为自己弟弟妹妹们着想，置自己的困境而不顾，我家六口人没住两间房，反而让三叔家两口人住两间房，走到任何地方都讲不通这道理。再说新华广场旁边是黄金地段，又南邻中山路繁华商业街，交通方便、购物方便、上学方便，又红火又热闹，升值潜力巨大，是求之不得的好地段。父亲总为自己弟弟妹妹谋划更好的结果，常常把自己一大家人忽略掉。他像一块铺路石，总是为他人铺路，而自己承受泥水的浸泡，背负多重重压。

再说，父亲再分房谁知道要等到猴年马月。当时，三叔的女儿未出生，家里只有两口人，而我家六七口人，我和妹妹都十几岁了，我都上初中了，全家六口人睡在一盘大炕上，实在太不方便。

实际上，当时姥爷每年在我家居住九个月左右，到天寒地冻时才回老家。我家一间房多数时候住七口人，姥爷每年在元旦前回老家，到第二年开春再来我家。老家还有一个舅舅，他们两人一起过年。老家有个习俗，一般情况下不在外面过年，到时必须回家。姥爷先后在我家居住了约十个年头。

姥爷住在我家期间，他每天捡些包装水泥的破牛皮纸袋子、废包装箱子、废铁丝、空酒瓶子，然后背到废品收购站卖钱。有时天还未亮，到呼和浩特市卷烟厂墙边扫烟叶子，回家后再经清理，自已抽烟袋锅用，抽不完的就出售。姥爷不用我父母赡养，反倒还经常贴补我家，给我妈现金。姥爷几乎每天都往我家买食物，买各种加工好的熟肉、早点、各种不常见的水果；夏季，有时给居住在我家后排的奶奶送些蔬菜。

姥爷经常给我和弟弟妹妹们零用钱。夏天时只要姥爷在家，一听到外面有卖冰棍的叫卖声，我们几个一起跟姥爷要钱买冰棍，有时姥爷没及时给钱或不太愿意给买我们时，弟弟妹妹就趴在姥爷身上，拽姥爷的衣服硬让给买，姥爷还是边给取钱边说着："这些娃娃们！"最后还是给买了。

我姥爷非常善良大度，经常把上门乞讨的乞丐让到我家炕上坐。给乞丐端剩下的饭菜吃，两人还一起拉着家常。有几次家里的饭菜是给我妈留下的，她中午下班晚回家后饭菜没有了，母亲得知原委后，哭笑不得，只好另想办法解决。如果家中没有饭菜时，姥爷定会给乞丐零用钱。

姥爷本身就是贫苦出身，很小时父母双亡，也是吃百家饭长大的。姥爷连自己的出生日都不知道，觉得八月十五是个好日子，正是大丰收的季节，就把自己的生日定为八月十五。他从小就给地主放羊放牛，长大后又当过短工和长工，他深知穷人的艰辛。

姥爷非常勤快，几乎每天都早起早出。天暖和时，每天早晨四点钟就起床，先抽一会儿带玉嘴儿的烟袋锅子，整个屋里都闻得到烟味儿。好在天气暖和，打开后屋窗户，大部分烟味都可走出去。然后，他开始一天的“工作”，到外面捡废品。绝大多数中午爷爷下饭馆，下午五六点钟回家。每次姥爷都买上好东西回来，很少空手。到晚上，无论是夏秋冬季，都八九点钟就准备睡觉。姥爷先是坐在小炕上抽一会儿水烟，也就是一口香，用羊腿棒做的水烟锅，头上是用铜壳做的放水烟丝子的小锅，用火纸卷成小纸棒，点着火纸后，轻轻吹火纸就可着火，再点水烟锅的水烟丝，长长地吸一大口，把烟吹出。我看到觉得挺好玩的，就给姥爷吹火纸。可无论怎么吹，火纸就是不着火，只冒火星子，一次都没吹着，只好作罢。姥爷抽一会儿水烟就睡觉。天冷后，姥爷就每天早晨五点起床，又是先抽烟袋锅子，天冷就不能开窗户，整个屋里充满烟味，我早晨经常被烟味呛醒。过完烟瘾后，姥爷把家中的火炉子点着，再烤上早点后，就开始捡废品。冬天工地都停工，他每天的收获也很少，他在去世前两个月还在捡废品。

1982 年，姥爷因病在老家离世，这也正是我初中毕业放暑假期间。这时我才从前屋搬到后屋睡觉，开学时我准备上高中，可以想象我家居住条件有多困难。

之后，三叔居住的新华广场路南的平房被拆迁，父亲开着卡车拉上我，帮三叔把家具和几吨煤拉到临时住房，把所有用品也都搬走。三叔回迁楼建好后，父亲又开卡车拉上我，帮三叔搬家，把所有拉走的东西再拉回新楼房。

如果当时我家住新华广场路南两间平房，后来拆平房建楼房，我家是六口人，那么，按常规可分到两户楼房，三弟结婚时就有单独的住房。而现在，三弟一家四口人跟父母祖孙三代人，挤在一户八十六平方米的楼房居住，按现在环境条件下也显得拥挤，造成生活中的诸多不便。现在，三弟已达到申请保障房的条件，但到目前还未申请到。

2014 年，三叔居住在新华广场路南的楼房第二次拆迁改造，此时三叔已把此处的房子出租，他已入住在新购楼房内，这次拆迁一平方米货币补偿一万元左右。

假设，当初我家居住在新华广场路南的两间平房，回迁时可分两户，各是五六十平方米的楼房，再拆迁可补偿一百多万现金。现在购买两户中等面积的商品房是绰绰有余的，父母亲和三弟两家都有独立的住房，可避免拥挤和诸多生活不便。

1985年冬天，父亲又经过几年跟单位不断争取，终于分到一户八十六平方米三居室的新楼房。我当时正在卓资山上班，请了三天假，从单位借上喷浆器，自己把全家喷了三遍，墙壁喷得雪白。再把全家墙围子用淡蓝色油漆刷了三遍，最后让四叔把锅灶砌好，能做饭，就可以搬入新家啦。那时大家都是这么做的，这样就算装修好了。择个良辰吉日就准备搬家，而且是在过年前搬家，欢欢喜喜在新家过年，父母选择在立春后搬家。

1986年2月4日立春，也就是我家正式搬入新家前一天晚上，我迫不及待先到新家。家里已买好新的折叠饭桌、座椅、座凳，还有一套布料三人沙发，我就睡在沙发上。已是深夜时分，我怀着喜悦和兴奋的心情，没有一丝睡意，望着窗外的明月。此时，皓月当空，分外明亮，我的思绪还在跳跃着。当时，呼和浩特市的绝大多数居民还住着平房，而我家能住上三居室的新楼房，的确是一件让我颇为自豪和惬意的喜事。新房的面积是八十六平方米，比旧平房面积大三倍，各种生活设施齐全又方便，终于熬出来了。此时我已二十岁，弟弟妹妹们都十几岁了，以前的各种生活不便将随之改变，生活质量有了质的提升。怀着对未来美好的憧憬，我慢慢进入了梦乡。

1986年2月5日早晨，我早早醒来，等待着家人搬到新家。

上午，我家正式从五塔寺前院搬到内蒙古电影制片厂的东北侧，也在内蒙古林学院（今内蒙古农大东区）路西的内蒙古一建的住宅楼。

父亲亲自驾驶着卡车，把为数不多的旧家具和锅碗瓢盆拉到新家，我的家人及几个叔叔姑姑们都给帮忙搬家，他们一起坐着卡车来到新家。

大家很快就把东西搬入家中，快到中午时，开始准备酒肉饭菜，来庆贺乔迁之喜。

这年夏天，父母准备做新家具。三叔得知后给买了一卡车做家具所需的各种木料，父亲开汽车把木料拉回。一个月后，新家具做好，新家配上新家具，一步步进入了美好生活。

1986年12月16日，在父亲的同事——李叔叔的鼓动下，也在我的请求下，请父亲买一台收录机。李叔是个老歌迷，我是个小歌迷，李叔跟父亲说：“收录机我给你看好了，那机子放出的声音真好听。就是每天啃窝头再听上音乐也心宽，也真值得，不行你去商场看一看再说。”父亲说：“行，咱们先去看看。”同时把钱也带上了。

父亲开上卡车，把李叔和我拉上，直奔位于大南街路东的一个商场。进商场后，李叔让售货员把一台夏普—800收录机搬出来试听。一放歌，伴着音乐，果然，音响效果和音质非常好。售货员给讲解着：“这台收录机主机是日本生产的，由深圳组装生产的，有十个均衡器，喜欢哪个乐器，就调大哪个。还可以‘电脑’选曲，想听哪首歌可选上，不想听的歌可以跳过去不放。还可以快录磁带，用空白带录出的声音跟原版带一样，是最好的组合式收录机。”

这是我第一次听到“电脑”这个词，感觉是一个高级先进的东西，又增加了我购买收录机的欲望。

我问：“价格是多少？”售货员说：“一千零三十元。”

我犹豫了一下，想想太贵了。在我知道和认识的人当中，还没有哪一个家庭中买超过一千元的收录机，最贵的买七八百元的收录机。当时我一个月工资是七八十元，一年不吃不喝才能攒够，有些不舍得买，但又太喜欢了。

我跟父亲说：“就买这台。”

父亲说：“你喜欢就买哇。”

父亲说完，就从怀里掏出一沓子面值十元的“大团结”数起来。那时还没出面值一百元的人民币，数了好一会儿，数出一百多张给售货员。在此之前，我从没有见过那么多的现金，真是一大笔巨款。

我心满意足地抱上收录机坐上卡车。在驾驶室里一直把收录机抱在怀里，生怕磕碰坏了。等回家后马上把磁带放进收录机听歌。每天回家后我就打开收录机听流行歌，真过足了瘾。之前买的小型收录机便拿到单位去听。

那时，正是港台歌曲风靡大陆的时候。那多种现代乐器演奏出的醉人的曲调和音乐，还有那贴近生活的歌词，朗朗上口。大家都以唱港台歌曲为时尚，尤其在公园等公共场所，一伙一伙的青年人，总有一个人手里提着俗称“半头砖”的小型录音机，也有少数人提大型组合式收录机，都大声播放着流行歌曲或迪斯科音乐。他们戴着大墨镜，上身着花格衬衣，下身着大喇叭裤，一副港式打扮，突显时髦的派头。

迈入21世纪，收录机等高级家用电器的光环逐渐褪去，不再是时髦之物。父母家的第一代家用电器已过使用期限或被淘汰，其他电器都被处理掉了，唯独那台夏普—800收录机被留下了。一个偶然的时候，在角落里发现了它的存在，看到它时，我眼前一亮，心爱之物还能正常使用。

如今，我把那台收录机搬到自己家中，把它当作收藏品收藏起来。虽然它在我现在的家用电器当中显得很平常，但是它曾经给我全家生活中增添过许多欢乐，也引起了我对那段美好生活的甜美回忆。它在我内心中的分量依然很重，我会把它珍藏永久。

1986年12月，我跟父亲到呼和浩特市大南街买收录机时，从南茶坊十字路口到旧城北门十字路口的那条老街还在，古建筑物基本没拆，只是有些破旧。

我是个很爱怀旧的人，当回想起青少年纯真童趣的那段时光，有一种莫名的喜悦和兴奋，也很喜欢古建筑和古物件。

从南茶坊十字路口到大十字路口，这段的古建筑物比较完整，马路两边大部分是二层和三层的灰色建筑物，透出一股古色古香的韵味，当走到这条能并排过三辆大马车的水泥石子路时，仿佛穿越回到明清时期。

在上小学时，每到过年前，我经常跟父亲要钱，与邻居或同学一起到大南街的路东土产门市部买鞭炮。前后有半个月时间，无论哪个小伙伴要买鞭炮，我就一起相伴去土产门市部。当时买到鞭炮是最高兴的时候，比穿新衣服和吃好东西都高兴。我一共要买三十多元的鞭炮，妹妹大概买十元的鞭炮，这加起来花掉了父亲一个月的工资。

到过完年，手里有了压岁钱，又跟邻居小伙伴们，一起到大南街路西的新华书店买“小人书”（连环画册），这也是非常开心的事。现在我家里还收藏着那时购买的一百本左右“小人书”，一直都珍藏着它们。

从旧城北门十字路口到大十字路口，那段街道两边的建筑物比较陈旧，以平房居多。大部分的门脸房门窗漆皮脱落，门板裂缝，少数房屋像是要坍塌的样子，用木柱子顶着墙体。

也是在上小学的时候，每到过年前几天，我跟邻居小伙伴们到“浴芳池”洗澡。洗澡人太多时还要排队。那是一年当中洗的很正式的一次澡。夏天，我经常和小伙伴们到野外的黄水坑里游泳和玩水。

过年后要开学，我又和小伙伴或同学们，路过小召小学，再往北穿过俗称“皮裤裆街”的二条路，不一定朝哪条路走，去快到旧城北门的一家文具店买学习用品。这个文具店用品最全，总要去几次才买全学习用品。那时，那条街是呼和浩特市最繁华的商业街，人流也多。不记得什么时候被拆迁改造了，它只长存在我的记忆当中……

八、与父母亲的问答

我现在有时问父母亲：“为什么当初要把奶奶一家五口人从老家迁到呼和浩特市？就像最早时那样给他们邮寄生活费也能凑合过。就不怕他们给招来太多麻烦事？抚养帮助他们不怕影响自己生活水平下降？或者，只把奶奶接到咱们家，怎么孝敬奶奶都是应该的，不用把几个叔叔和姑姑的户口迁到呼和浩特市，你不是他们四人的父亲，只是一个大哥，你对他们没有大包大揽的责任和义务。给他们找工作，影响了自己和儿女的大好前程，还要给他们操办婚礼和解决太多的困难，耗费了自己巨大的精力，又给自己增加过大的压力。”有些自私和不理解的人认为，父亲和母亲是不是太傻了？权利和义务是相辅相成的，从公平原则来讲，我父亲承担了父亲般的责任，尽到了父亲般应尽的义务，得到了父亲般的权利和尊敬及父亲般的孝顺了吗？

父亲考虑考虑后说：“首先，你奶奶那时候太可怜了，她就没吃过几顿饱饭，一年四季都没穿过棉衣。到冬天没煤点炉子，因为这落下了咳嗽，老也好不了，一年四季都咳嗽。一想起你奶奶到冬天最冷时，早晨起来用菜刀往开砍被冻住的水缸，双手被冻得抽搐住，痛苦得双手攥得死死的，我用双手都掰不开，我的心里是可难受了。

“再者，你几个叔叔姑姑没有工作，想种地连地也没有，大白天他们躺在炕上饿得没精力去玩，住的房也是租别人的，真叫房无一间，地无一垄，简直就是一无所有。

“再一个，是怕你奶奶再嫁一户人家，这个家就四分五裂不成为一个家，也怕你叔叔姑姑们改姓别人的姓，那跟我还算不算是弟弟妹妹，古代人还懂得站不改名坐不改姓，改了姓就是忘了自己的根和背叛了自己的祖宗，是件很可悲的事情，实在是不应该。我狠下决心咬着牙，也要把你奶奶和叔叔姑姑们接到身边好照料，让他们少受罪少吃苦。有苦一起吃，有福一起享！我一个人好了也没啥意思，大家一起好才算真好！我也不是图他们报答，他们好了后，我最起码不用操心他们啦，把他们都扔在老家，他们受苦受罪，我在呼和浩特市过得再好，心里头也不踏实，总想着他们，我前前后后在他们四个人身上花费了有三万元。”

三万元啊！在那时就是笔巨款，别说在 20 世纪 60 年代和70年代，就是在80年代，有一万元都被称为“万元户”，就是大款、有钱人，如果按普通工人那时月收入几十元，跟现在普通工人月收入几千元换算，那三万元相当于现在的好几百万元，父亲真是付出了血本！！！

20世纪90年代至2009年期间，我和弟弟妹妹四人结婚时，父亲的花费总共都没超出三万元，真是耐人寻味……

父亲接着说：“还有一个原因，你爷爷奶奶家，在我小时候，直到我从老家出来时一直太穷，总被人看不起，甚至连有些亲戚们都看不起你奶奶一家人。还有人风言风语地说些难听的话，我要争这口气，我要做出个样子来让他们看一看！”

社会上有一些人抱的态度是，人是为自己活的，不是为别人活的。

如果，我们每个人都抱着这种态度，那整个社会将会是一盘散沙，互相为难互相算计，最后，国将不国，家将不家，我们每个人正确的态度是：我为人人，人人为我。只有这样，才能创造出一个和谐的社会和繁荣富强的国家，人们才可安居乐业。

母亲也接着说：“我也愿意把你奶奶家一大家人接到呼和浩特市。我家里除了父母，只有一个哥哥，家里人口少，就喜欢人多。你奶奶家人在老家是出了名的穷，他们也挺可怜的。有了好东西众人尝，众人吃了众人香，一人吃了烂肚肠。

我从小到现在，曾居住过的四个社区的邻居中，以及小学、初中、高中的同学中，还有单位所有同事中，绝大多数的父母都是从外省市和其他旗县迁居到呼和浩特市的，还没有第二个人的父亲把老家的奶奶和叔叔姑姑迁到呼和浩特市的，只有少数走亲戚时短暂停留，还有老家的老人和亲戚来给看护小孩子，到小孩子不需要看护后又回到老家。

只有我父亲，把老家的奶奶和叔叔姑姑五口人的户口迁到呼和浩特市，并且给找好房子，供一个叔叔和两个姑姑初中毕业，又安排他们到合适的地方下乡，接着给两个叔叔两个姑姑安排工作，并全力给他们四个操办婚礼，为自己的四个儿女都没操这么多心，没办这么多事。

这真是前无古人，后无来者，空前绝后的大哥！

第七章　几件值得回味的往事

一、我看望舅舅和堂妹

1985 年底和 1986 年底，在铁路工作两年当中，当时我正在卓资山上班。跟单位请假，连续两年回老家看望舅舅，他是我在老家的亲人。我先坐火车到集宁，再倒车坐长途汽车才能到舅舅家，并顺便两次看望小堂妹。此时，小堂妹被放在老家她姥爷姥姥家让两位老人看护。

之前，在我高中暑假期间，父亲给单位从呼和浩特市往丰镇拉运木料，父亲让我坐汽车顺路回老家——隆盛庄看一看。在我婴幼儿时回过几次老家，那时还没有记忆力，对任何东西都没有印象。这次我坐父亲开的卡车走到半路快到老家时，父亲停住汽车后，走到路边手指向公路的东面对我说："那就是你祖爷爷祖奶奶和你爷爷的坟地。"我顺着父亲手指的方向默默地看着，心里想着祖爷爷和祖奶奶在世时究竟长什么样子，连一张照片都没有。虽然在婴幼儿时见过爷爷，但是没记住爷爷的相貌。只是在呼和浩特市的奶奶家，见过爷爷的一张黑白照片，理着短短的头发，圆头圆脸圆眼睛，看上去比较精神。其实站在路边也看不到具体的坟地，看了一会儿后，我跟父亲上汽车向舅舅家开去。那次，在我的记忆中，才算正式回到老家和舅舅家。

姥姥早在我婴幼儿时就已离世，我对姥姥没有印象。

长大后，母亲跟我回忆说："在你可小的时候，你见过姥姥，我跟你姥姥说，早早没了的那两个娃娃（夭折的我哥我姐），长得可吸人（漂亮），都是那花眼眼（双眼皮，大眼睛），长眼毛，数这个（我）长得丑了。"姥姥说："这个（我）长得丑才是你真真的娃娃，那两个再长得吸人都是来哄你的。"

此次来舅舅家时，姥爷已离世两年了，我为没回老家送别姥爷最后一程而后悔。

1982 年暑假期间，开学后我将要上高中，突然一天，从老家发给我家一份电报，只有几个字。电报是按字收费的，写得简明扼要，没有一个多余的字。父母亲领上三弟回老家，而我没回，我以为姥爷病重了，不知道电报上写的姥爷"病故"的真正含义，当时也是年少无知呀！

此时，我所有的亲戚中只有舅舅还在老家生活。父亲领我来到舅舅家，见到舅舅后我的心情挺复杂。为第一次回到老家而感到好奇和新鲜，又为舅舅孤身一人生活感到难受，不知道能为他做些什么，实际上我也为他做不了什么。

上班后的这次，我是自己找到舅舅家的。他还在寿家巷居住，天刚黑时，舅舅就做熟饭，我俩边吃饭边说着家常事。由于我有些累，想早点睡觉，就躺在被窝里和舅舅闲谈着，大概了解舅舅的一些过去和现在的处境，不知不觉中睡着了。

第二天上午，就去看望三叔的独生女——我的小堂妹。她已经两三岁，这几年冬天由她的姥爷姥姥照看。在呼和浩特市时，我去看望奶奶，得知小堂妹也在老家，她姥姥家就住在我舅舅家后一排。我买了几瓶水果罐头去看小堂妹，当我刚走进院中时，她姥爷和姥姥走出家门迎接。我在呼和浩特市奶奶家见过两次二位老人。跟我说了几句话后，她姥爷一手开家门，一手拉着我让我先进屋。这哪行，按辈分来讲，我应该称呼二位老人为姥爷和姥姥，我俩在家门口谦让了好一会儿，硬是让老人把我先让进了门，我受到了热情接待。一走进家里，看到小堂妹正在炕上爬着，见我后她睁大眼睛看我，我伸出双手要抱她，她没过来让我抱，已经不记得我啦。

1986 年底，我又去望舅舅时，再一次到小堂妹姥姥家看望她，她姥爷还是迎出家门谦让我先进家门。我受到两位老人的热情接待，一个老辈人这样迎接我一个小辈，让我有些不好意思。其实我明白，实际上堂妹姥爷尊重和佩服的是我的父亲，我是沾了父亲的光。

因为，老家的人基本都知道父亲是特别孝顺奶奶的，知道父亲怎样为我两个叔叔和两个姑姑做的一系列事情，父亲在老家的镇里是家喻户晓的大孝子和好大哥。

二、堂妹考上大学

大约2000年，我三叔的女儿，就是之前在老家玩耍的小堂妹，已考上了内蒙古医学院（现内蒙古医科大学），她是我们整个家族的第一个大学生，也是我这个辈分十七个成员当中唯一的大学生，是我们家族的光荣。

当父亲得知堂妹考上大学后，非常高兴，来到三叔家，给堂妹送去三百元略表心意。

父亲在退休前下岗五年，下岗前三年每月领取二百三十元，下岗后两年没有任何收入。此时，父亲正处在下岗第四个年头，没收入，母亲也没有任何收入，三弟未婚在家待业。三叔一家也知道父母的处境，堂妹考上大学后，我所有的叔叔姑姑中，只有我父亲表示了点心意，我这个当大哥的，也给堂妹送去二百元略表示一下。二百元也是我当时半个月的收入，基于以上原因，父亲这区区三百元感动了堂妹。

堂妹在大学毕业后，正赶上内蒙古卫生厅招公务员，最后，堂妹以综合成绩第二名被录取成为一名公务员。

堂妹在内蒙古卫生厅工作后，每年过春节都带上礼物看望我父母，并多次跟父母说："我考上大学后，大爷（我父亲）爬上我家六楼，给送来三百元，我记住了。"这区区小事跟父亲为四个叔叔姑姑们所做相比，真是九牛一毛，足见堂妹是个比较懂得感恩的人。

三、三姑夫战友看望父亲

约 2000 年，我三姑夫当时有一个在呼和浩特市和林县任公安局长的杨姓战友，另一个时任呼和浩特市特警队指导员的张姓战友，他俩到三姑夫家相聚。稍后，三姑夫的两位战友提出想去看望我父亲，于是三姑和三姑夫领上两位战友来到父母家。

两位战友一进父母家，就问候父母。像多年未见的老朋友，互相热情地交谈起来。

三姑夫的和林战友说："那会儿温 ××（我三姑夫）结婚的时候，全靠大哥（我父亲）给操办，里里外外的忙，温 ×× 的父母都没来（在二连），你们也不计较。我们这些外地的战友来呼和浩特市参加婚礼，有的挤在你家炕上睡，在炕上挤不下就睡在你家大躺柜上，一想起来我就感动得想掉眼泪。”

最后，两位战友没有在父母家吃饭就要告辞。临走时，杨姓战友硬要给父亲留下二百元表示一点心意，父亲当时没收下，直到他俩推让到家门外面，盛情难却，父亲只好收下。

第二天，张姓战友也给父亲送去一百元，也要表达一点心意。

三姑夫的战友们，仅仅经历了一件事，就被感动得想掉眼泪，如果知道父亲所做的一系列事情，那得感动得怎样呢？

四、三弟的婚事

2009 年 6 月 28 日，三弟终于在这天举行了简单而又愉快的婚礼。当时，父母亲面临最重要的一件大事圆满完成。

三弟婚礼前约两个月的一天下午，有一位旧院的老邻居，现在又是住前后楼的邻居——赵大娘，她与我母亲曾经同在玉泉区钢窗厂上班，她老伴跟父亲同样是内蒙古一建的司机，互相都太熟悉了。她来到父亲家中时，正巧我也在父母家中，家中已为办喜事做着准备，当赵大娘确认后，也很高兴。

赵大娘又开始夸赞父母亲："哪有你们这么好的当大哥大嫂的，除了孝敬老人不说，看把几个弟弟妹妹们照顾的，啥也管，没有不管的。费了多大的劲，费了多大的精力，那可真是不容易。对自己的儿女们哇，还能做成啥样？最多做成个那样也行啦。你们两口子真不简单，这次，能把三儿子的喜事痛痛快快地办好哇！"

最后，我三弟的婚事确实顺利地办成功了。

这次，不知谁给下了动员令：几个叔叔和姑姑们亲自参战帮忙。

先是四姑夫找了两个工人给装修家，他经常到父母家，指点和督促怎么保质保量和经济实惠地干好。

在父母现有的条件下，再没有能力为三弟购买新房，只能把父母住的三居室房做个简单装修，腾出两室给三弟做婚房。

三叔在装修期间，三次请我们家人和装修工人吃饭，并多次说明："我没时间干具体的，你们多辛苦点，只能请你们吃几顿饭，给你们鼓鼓劲。"

这期间，三叔对我说："你爹（我父亲）对我有恩，你爹当时把我（从老家）弄来（呼和浩特市）的时候，也对我们说：'我把你们弄到呼和浩特市，你们扫大街去，我就不管了。'"

这是我第一次听三叔说父亲对他有恩，也是叔叔姑姑四人中，唯一说过父亲对他有恩的。

父亲跟他们说："你们去扫大街，我就不管了。"这是父亲当初对他们四人的未来无法预料和确定，让他们干环卫工，是做了最坏的打算。实际上父亲对他们四人大包大揽地承担，父亲比对自己的四个儿女们做得都全面和彻底。

三叔还对我讲："你三姑家现在烧的煤还是你爹以前拉去的，到现在还没烧完。"

父亲最少十二年不拉煤了，那说明三姑家烧的煤，还是父亲十二年前拉去的煤，至今还未烧完。

那时，每个普通家庭都住平房，都需要烧煤取暖和做饭，拿购煤本到煤厂子只能买到面煤，带少量小碎块，这种煤烧锅灶做饭和烧水还可以，烧炉子时不起火，远不能满足寒冷冬季取暖的需求，只能受冷冻。稍后才有私人小煤场，到这些小煤场花高价买大块煤烧炉子取暖。也有的好单位每年冬季前以平价分给职工大块煤，单位一年最多分两吨煤。

父亲利用开大卡车的便利条件，在给单位拉煤时，自己花钱多装两吨大块煤，经常给两个叔叔和两个姑姑分别送到家门口，使他们既方便又省钱地获得大块煤，到他们都成家后，父亲还在想方设法地照顾着自己的四个弟弟妹妹，还在发挥着余热……

在我上小学的时候，在每年当中，父亲往家里拉一两次大块煤，我们一家人齐上阵，往家抬煤和搬煤，块太大的两人抬，劲大的搬大块，劲小的搬小块，剩下的小碎块用簸箕端回家，能用的工具都用上了。

我虽然又累又脏，心里还蛮高兴的。在当时，大多数邻居家中，每年从单位分到一吨半块煤，在冬季最寒冷的时候才烧块煤，还节省着用。大部分烧的煤，是从煤站购买的碎面煤来烧锅灶和点炉子用。有的家庭还到外面捡煤核烧，而我家是用父亲在从卡车上卸煤时碰碎的碎面煤烧锅灶，还有大块煤存放我家小凉房，需要砸成小块煤烧炉子，同时会砸出些碎面煤来烧锅灶，烧炉子时，想烧多少块煤就烧多少块煤，到天气最冷时不受冻。

每一年当中，父亲给住在我家后排的奶奶家也拉一两次块煤，父亲早给奶奶计划好，一年四季都有块煤烧，奶奶根本不用去煤站买煤。

这时期，父亲中午有时开卡车回家吃饭，把车停在马路边，我就跟父亲要上车钥匙上车玩。有几个邻居小伙伴围过来，都想坐在驾驶室里，我让最要好的上来，让一般好的小伙伴上卡车后马槽上玩。那些跟我有矛盾的，我哪也没让上，让他站在车旁边，看着我们几个玩。现在想起来觉得可笑，真是小孩性子。

这次，父亲和我为三弟的婚宴订好饭店和饭菜后，三叔主动提出来："咱们先尝尝所订的饭菜。"大家在愉快的气氛中品尝着晚餐，结束后，三叔主动结算了三桌饭菜钱。

三叔在三弟的婚礼前，送上一万元礼金表示祝贺，这对我父母是极大的帮助。三叔的这一举动，赢得了众亲友的称赞。

四叔和二姑夫，也经常到父母家帮忙干活，四叔还上街帮着购买装修用的五金用品。

二姑、三姑、四姑给三弟购买结婚用的床上用品，也给我母亲买了两件外衣。那几天，整个家里到处充满了前所未有的喜庆欢乐热闹的氛围。

三弟举办婚礼那天，在众亲友的帮助下，婚礼在轻松愉快的气氛中有序进行着。这次婚宴是一个从表面看再平常不过了，没有订豪华的酒店，饭菜也没有稀世佳肴，烟酒也没有高档的，但众亲友当中许多人说，这次大家都挺高兴的。

这次三弟的婚礼，亲戚们表现得比较团结，脸上挂着发自内心的笑容，他们都表现得积极主动，诚心诚意地帮助我父母亲操办三弟的婚事。这次我们真正体验到了：送人玫瑰，手留余香，帮助他人，快乐自己！

五、到二姑夫家

2010年冬天，我写了一份父亲怎样孝顺奶奶和帮助四个叔叔姑姑的材料，准备参加“感动内蒙古”的评选活动。

我拿上材料想让二姑夫看一看，让他提一些意见和建议。二姑夫是一个非常正直且有正义感的人，从不做违法乱纪的事，主动抵制歪风邪气，爱憎分明，在单位和家庭中始终保持着这一优良作风，在当今社会显得难能可贵，是我最尊敬的长辈。我的性格跟二姑夫非常相似，也是爱憎分明，疾恶如仇，看到不公平的和欺压弱者的事发生，就非常愤怒，总想讨个公道，对每一件大事总有一个态度，不会麻木不仁。二姑夫是我学习的榜样。

二姑夫原来居住在乌兰察市丰镇，户口也在丰镇，这几年在呼和浩特市临时租房，来照看他的小孙女。

一天中午，我吃完饭后来到二姑夫住处，一走进家里，二姑夫站起来迎接我并问：“吃饭了没？”我答：“吃啦。”

二姑夫马上又问：“去看你爹么？”我答：“经常去看。”

二姑夫又说：“噢，多去看看你爹，好好孝敬你爹，你爹把你奶奶和叔叔姑姑们从老家拉引（费很大劲帮助的意思）来呼和浩特市，真不容易！”

我说："就是。"

二姑夫对我父亲所做的一系列事情完全知情，也非常尊敬我的父亲。他来呼和浩特市的几年当中，经常去看望我父亲，或者把父亲请到他的住处。

二姑夫对我所说的话都是好意，我完全能够理解，他的话语中也透露出一种无奈，想说又不便说出来。

二姑夫从我父亲身上没有得到任何好处，却是最尊重我父亲的人，真是件让人沉思的事呢……

是的，我应该孝敬父亲，我个人再怎么孝敬父亲，也仅仅只能代表我个人，怎么能代表别人……

跟二姑夫说过几句话后，我从包里掏出材料递给他并说："我写了一份我爹的材料准备参加'感动内蒙古'的评选，二姑夫有时间看一看。"

二姑夫接过来说："我抽时间看一看。"

六、让大表妹看材料

也是在 2010 年冬天，我把写好的材料也准备让大表妹看看，她是呼和浩特市某小学一名老师，我认为她有些知识和理论水平，看后能提出意见和建议。

跟大表妹联系后，得知她正在学校，我直接来到学校。传达室的工作人员把我领到她的办公室，她不在，我把材料放在办公桌上，传达室人员说："她有可能在开会。"他帮我找一找去，让我在传达室门口等等。一会儿，表妹出来了。

我对她说："我写了一份你大舅（我父亲）的材料，准备参加'感动内蒙古'的评选活动，放到你办公桌上了，你给看一看。"

大表妹说："大家都知道大舅挺'伟大'的。"

我听后一惊，马上打断她说："你先看看，看完了咱们再说，等你有时间了，到我们家坐坐。"表妹说："行、行、行。"

我又接着说："现在你正开会，先去开会。"说完跟大表妹道别。

我之所以在大表妹说我父亲"伟大"时，打断了她的话头，我认为不敢接受"伟大"这个称号，感觉父亲被捧得太高了。

我的父亲，是一个平凡的父亲，只是他的身上，承担了更多的责任和使命！

第八章　父亲的精神传万代

父亲出生在20世纪40年代初，那个时候，物资匮乏。父亲有三个弟弟四个妹妹。父亲和家人因为缺吃少穿而挨饿受冻，兄妹八人时常因为饥饿连玩耍的气力都没有。

即使饥寒交迫，父亲心中的梦想，始终没有被磨灭。他希望有一天自己能够和其他的孩子一样，进入学堂念书。这个梦想在他的心里深埋，终于有一天，这个梦想得以实现，虽然有点晚，但依然得以实现。

父亲虚岁十二岁那年，父亲的舅舅（我称为老舅舅）来到家里。看到父亲家里实在困难，就提出供父亲念书，有时间了的话，需要帮老舅舅干农活。苦，父亲不怕吃，只要能有书念。

父亲在十二岁到十六岁的时候，在老舅舅家上午读书，下午干农活，虽然只断断续续地读了几年书，也没有多少时间读书，也算是和文盲告别了，这也为他后来能够顺利进入单位打下了基础。父亲有机会进入正式单位工作，成为一名司机。父亲工作四十几年都没有出过事故。

父亲还不到三十岁的时候，爷爷去世了。于是，一个大家庭的重担，落到了父亲的身上。中国有句古话：“长兄如父。”虽然只有四个字，能够承担住这个重担的人，能有几人？

爷爷去世时，奶奶没有工作，成家的只有父亲、二叔和大姑，三叔、二姑都在干临时工，四叔、三姑还在上小学，四姑还没有上学。这一大家口人，他们怎么生活？他们的未来会怎样？父亲的胸口压了一块巨石！

这个家庭的重担，此时，也只有父亲能扛了。从此刻开始，父亲为自己的弟弟妹妹的学业、工作、婚礼，操碎了心。直到父亲的最后一个妹妹结婚，这近二十年的重担，父亲终于扛了过来。他所付出的艰辛，无人能感同身受。

父亲这些年所做的一切，也为自己积下厚德，我非常相信，“人在做，天在看”这句话。

父亲的巨大付出，也为现在积淀起博大多彩的精神乐园！虽然父亲这辈子比较辛苦劳累，物质生活清苦，但是父亲有成就感，活得有价值，有意义！不枉来世上一趟，没有虚度此生。

人生的价值和意义，是为社会和他人创造多少和付出多少，而不是索取多少。精神的满足，比在物质上的满足，更能够使人幸福和快乐！

现代活雷锋——郭明义常说：“我在捐完钱后，才睡得踏实，帮助他人，快乐自己。”

父亲无论在老家，在老邻居中还是在单位都是名人，得到众人的称赞和好评，我对有这样一位父亲而感到荣幸和自豪！

父亲虽然没有给予我和弟弟妹妹们更多的物质财富，却给予我们一大笔宝贵的精神财富。那就是：面对困难时，表现出克服困难和战胜困难的一股韧劲，付出后不求回报的态度，又拥有“孝心、爱心和助人为乐”的可贵品质，同时散发一波一波的正能量，让我们子孙将此精神传承下去并发扬光大……

积善之家，吉庆有余！！！

后　记

2010 年初，在中央电视台第一套节目中，播出电视连续剧《大哥》，该剧中的大哥形象挺感人，不知剧中的大哥是虚构人物还是现实生活真的有，但我父亲就是现实生活中的“第一大哥”，比剧中的大哥更全面、更深刻、更曲折、更艰辛、更感人，更是感动到了我。

常言道：“是金子总会发光的。”但是没有被挖掘出来，永远是地下宝藏。光从何发？同我父亲的事没有被写出来，不被世人所知一样，那是非常非常遗憾的事，在很多方面也是很大的损失。尤其在这个社会转型时期，有一部分人为了个人私利，将人性和道德抛到九霄云外，有些父子对簿公堂，有些兄弟反目成仇，所以，我更觉得父亲所作所为弥足珍贵而耀眼。

不尊重历史的民族、国家、企业、个人，都是没有希望的。

我于是写了一份稿子，准备投寄到《内蒙古日报》，之后，开始构思酝酿写稿，经过反复修改于 2014 年定稿。

2014 年 9 月，我第一次联系到内蒙古日报社记者——梅刚，见面后把稿子交给他并说：“我写了一份稿子想参加‘感动内蒙古’的评选。梅刚说：“你不如把稿子改写成自传体小说。”他鼓励我进行创作。我回答说：“行，我回家想一想。”

我回家后，连续想了几天，总感觉自己没有能力写小说，这可比写稿子复杂多了，是需要一定的功底，还要有大量的知识储备及文学基础。我没有十足的信心来写小说。

恰巧在 2014 年 10 月 15 日，习近平总书记在京主持召开文艺工作座谈会并发表重要讲话，习近平总书记强调：文艺应扎根人民，扎根生活，文艺离开人民就像无根的浮萍。

听了习近平总书记的重要讲话，带给我巨大的鼓舞，更给我增添了极大的信心，国家的文艺事业又迎来了崭新的未来。

2014 年 10 月 16 日，我来到梅刚办公室，他正在办公桌上写着什么。梅刚再一次鼓励我把稿子改成自传体小说，再去搜集更多的素材用来写小说。他鼓励我：“写小说也不需要多好的文笔，写得越真实越好，越详细越好，就跟讲故事就行。写一本薄薄的小说也行。”受到他的鼓励，我终于下定决心开始写作。

近二十年来，我养成一个特别爱看书的习惯，看书成为我业余时间最大的爱好。其实，上小学时，我就爱看小人书，过春节时长辈们给的压岁钱，我绝大部分买了小人书，现在家中还收藏着一百多本小人书。

随着年龄的增长，我又逐渐喜欢看历史、军事战争、名人传记、体育类、政治、收藏类、证券类、经济、健康保健类书。

现在，中午睡觉前我也要看报纸或看书，每天晚上睡觉前更要看书，不看书就睡不着觉，连在单位上夜班都要看。

为了不影响同事睡觉，关掉屋内灯，在自己身边开一个手电看书。在家中晚上睡觉前也要看书，为不影响媳妇睡觉，我在床头上夹一盏 五瓦的小台灯看书。

也正是这几十年的看书习惯，为这次写作打下了一定的基础。

最后，衷心感谢梅刚，是在他的鼓励帮助和支持下，我才斗胆拿起笔来写出此拙文。

真、善、美是每个善良的人和有公平正义感的人永恒的追求！

2016 年 3 月初稿

2023 年 8 月修改

张茂盛

质检
02